新編
《千家詩》
田奕 編

天地
www.cosmosbooks.com.hk

書　　名　新編《千家詩》
編　　者　田　奕
責任編輯　孫立川　宋寶欣
封面設計　郭志民
出　　版　天地圖書有限公司
香港皇后大道東109-115號
智群商業中心15字樓（總寫字樓）
電話：2528 3671　傳真：2865 2609
香港灣仔莊士敦道30號地庫／1樓（門市部）
電話：2865 0708　傳真：2861 1541
印　　刷　亨泰印刷有限公司
柴灣利眾街德景工業大廈10字樓
電話：2896 3687　傳真：2558 1902
發　　行　香港聯合書刊物流有限公司
香港新界大埔汀麗路36號中華商務印刷大廈3字樓
電話：2150 2100　傳真：2407 3062
出版日期　2018年2月／初版・香港

ISBN 978-988-8258-30-7

目錄

目錄

新編《千家詩》

目錄

目錄

新編《千家詩》

目錄

新編《千家詩》

「博雅文叢」總序

「博雅教育」，英文稱為General Education，又譯作「通識教育」。甚麼是「通識教育」呢？依「維基百科」的「通識教育」條目所說：「其一是通才教育；其二是指全人格教育。通識教育作為近代開始普及的一門學科，其概念可上溯至先秦時代的六藝教育思想，在西方則可追溯到古希臘時期的博雅教育意念。」歐美國家的大學早就開設此門學科。

在兩岸三地，「通識教育」是一門較新的學科，涉及的又是跨學科的知識。概而言之，乃是有關人文、社科，甚至理工科、新媒體、人工智能等未來科學的多方面的古今中外的舊常識、新知識的普及化介紹，等等。因而，學界歷來對其「定義」抱有各種歧見。依台灣學者江宜樺教授在「通識教育系列座談（一）會議紀錄」

（二〇〇三年二月）所指陳，暫時可歸納為以下幾種：

一、通識就是如（美國）哥倫比亞大學、哈佛大學所認定的Liberal arts。

二、如芝加哥大學認為：通識應該全部讀經典。

三、要求學生不只接觸Liberal arts，也要人文社會科學學生接觸一些理工、自然科學學科；理工、自然科學學生接觸一些人文社會學，這是目前最普遍的作法。

四、認為通識教育是全人教育、終身學習。

五、傾向生活性、實用性、娛樂性課程。好比寶石鑑定、插花、茶道。

六、以講座方式進行通識課程。（從略）

近十年來，香港的大專院校開設「通識教育」學科，列為大學教育體系中必要的一環，因應於此，香港的高中教育課程已納入「通識教育」，香港高級程度會考也有通識科目。自二〇一二年開始的第一屆香港中學文憑考試，通識教育科被列入四大必修科目之一，考生入讀大學必須至少考取最低門檻的「第二級」的成績。在可預見的將來，在高中教育課程中，通識教育的份量將會越來越重。

在互聯網技術蓬勃發展的大數據時代，搜索功能的巨大擴展使得手機、網絡閱讀、搜索成為最常使用的獲取知識的手段，但網上資訊氾濫，良莠不分，所提供的內容知識未經嚴格編審，有許多望文生義、張冠李戴及不嚴謹的錯誤資料，謬種流傳，誤人子弟，造成一種偽知識的「快餐式」文化。這種情況令人擔心。

有感於此，我們認為應該及時為香港教育的這一未來發展趨勢做一套有益於中學生的「通識教育」叢書，針對學生知識過於狹窄、為應試而學習的不良傾向去編選一套「博雅文叢」。錢穆先生曾主張：要讀經典。他在一次演講中還指出：「此時的讀書，是各人自願的，不必硬求記得，也不為應考試，亦不是為着做學問專家或是寫博士論文，這是極輕鬆自由的，只如孔子所言：『默而識之』便得。」我們希望這套叢書能藉此向香港的莘莘學子們提倡深度閱讀，擴大文史知識，博學強聞，以春風化雨，潤物無聲的形式為求學青年培育人文知識的養份。

本編委會從上述六個有關通識教育的範疇中，以第一條作為選擇的方向，以第二條的芝加哥大學認定的「通識應該全部讀經典」作為該系列的推廣形式，換言之，就是向年輕讀者推薦人文學科的經典之作，以便高中生未雨綢繆，入讀大學後可順利與通識教育科目接軌。

這個系列將邀請在香港教學第一線的老師、相關專家、學者及有識之士，組成編輯委員會，分類推出適合中學生閱讀的人文經典之作，包括中外古今的文學、藝術等人文學科。雖作為學生的課餘閱讀之作，但期冀能以此薰陶、培育、提高學生的人文素養，全面發展，同時，也可作為成年人終身學習、補充新舊知識的有益讀物。

博雅文叢　編委會

二〇一七年五月

序

《千家詩》是近代以前通行的蒙學詩歌讀本，與《三字經》、《百家姓》、《千字文》合稱為「三百千千」的國學兒童啟蒙讀本。蘅塘退士《唐詩三百首》序云：「世俗兒童就學，即授《千家詩》，取其易於成誦，故流傳不廢。」背誦經典詩歌，既是國學的入門初階，亦是蒙學教育基本功的不二法門。信然也！

自南宋以降，《千家詩》有數種不同的刊本流行於世，最早的選本應出自於南宋詩人劉克莊所編《分門纂類唐宋時賢千家詩選》，成書於南宋末年，選錄詩歌一千二百八十一首。收錄作者三百六十八人，大部分為唐宋時代詩人，少數為南北朝和五代詩人。分時令、節候、氣候、晝夜、百花、竹林、天文、地理等內容，類編大致與趙孟奎的「分門纂類唐歌詩」相似。此後，又有南宋人謝枋得《重訂千家詩》刊行，此書以劉克莊選本為底本，選錄了七言絕句、七言律詩共百餘首，在宋元之交的《千家詩》及元代的《精選唐宋千家聯珠詩格》成為蒙學中主要的詩歌教材。此後，明代王相所選的《新鐫五言千家詩》與《重訂千家詩》合而為一的五七律絕通行本《千家詩》四卷，選有七絕九十四首、七律四十八首、五律四十五首、五絕三十九首，合計二百二十六首，遂流行於世。

前身由著名學者錢鍾書先生倡建的「中國社科院電子計算機室」自一九八五年起開始從事中國古典文獻數據的古籍整理、編校及錄入的浩大工程，後獨立為北京掃葉科技文化有限公司，由錢先生弟子欒貴明教授、田奕女士帶領的團隊奮鬥了三十多年，與時俱進地利用網絡技術，逐步扎實地積累起了中國古典經籍的大數據庫，這件曠古未有的工作對承傳中國傳統文化乃厥功至偉之舉，它將對研究中國國學產生深遠的影響。

而這本《新編千家詩》就是拜這個古典數據庫的功能之賜而編注出來的。事緣二〇一一年，由湖南岳陽五峰私塾朱執中老先生的傳人張志勇先生率領五十多位學生去北京拜訪欒貴明先生等，朱執中老先生於二〇〇九年逝世時，中央電視台在「新聞聯播」中稱其為中國最後的一位塾師。張志勇先生於席中提起在當今時代對少年學子，尤其是學齡前兒童進行國學的基礎課程訓練有許多難題，特別是急需一本閱讀、背誦古典詩歌的課外教材。欒貴明先生因之想起了錢鍾書先生生前曾提及《千家詩》是讓少年兒童學習國學初階的最好課本。於是，他「讓已讀《千家詩》多年的學生從通行本《千家詩》，《後村千家詩》和《明解增和千家詩註》三種版本中選出一百二十首作品，按易難程度大致排列，替老師和家長喚起國人都有的記憶，做出適當的注釋，每首詩均標出其出處，並羅列可以忽略的異作者和異文」，以存學術價值，亦便於家長和老師先行理解與解説。全書使用原汁原味的正體字（繁體字），書頁空白處則輯集中國古代著名文人的書法作品字體，版式特別、新穎，注釋深入淺出。

本書的選編校注，分別由北京掃葉園的陳飛、董磊、李海東與湖南岳陽五峰私塾的鍾暢平、鍾公達等提供初稿，田奕女士總其成，欒貴明先生負責審閱，張志勇先生任總策劃。

前年，筆者拜訪北京郊外的掃葉園公司時，欒貴明先生贈我這本新編的《千家詩》，拜讀之餘，就想將之在海外推廣，讓更多中華少兒們從小接受中國傳統文化的薫陶。欒先生在收到我這個請求之後立刻表示：這是助學支教的大好事，尤其是在港澳台及海外僑胞的中文教育方面。他代表編輯團隊表示分文不收海外版的版税。

因而，我們就全書照搬，在港出版，編輯過程中也特地針對本地情況作了一點增補，一是在文中凡有注拼音的字都再加上粵語注音，便於家長和老師更好地教授；二是徵得欒先生同意，由鄙人在書後選加了一首劉克莊的《釋老六言十首之四》詩。考慮到歷代選本中均以五言、七言為主，劉後村此詩為六言，增加一體裁，既然名曰「新編」，也要留一點新的創意，況且《西遊記》已為當今的孩子們所熟悉。後村詩文好用本朝故事，錢鍾書先生曾指出：「《西遊記》事見南宋詩中，當自後村始。」八百多年前，劉後村為《千家詩》編選的始作俑者，今將其詩選入新編《千家詩》中，也是歷史進階中的一種變化，倘若他九泉之下有知，當可會心一笑乎？

在收到欒貴明先生囑陳飛編輯發來此書的電子文檔之後，欒先生又堅拒將他在內地版上的《序》發在天地版上，並命我撰一新《序》，不敢違命，斗膽寫上這篇「出版説明」，權充作序言，佛頭着糞，慚愧慚愧！主要乃是在此聲明：書中倘有訛誤，應由本公司負責。

最後，援用欒貴明先生在原《序》中的一句話，向所有為本書的出版付出辛勤勞動的編輯、出版同仁致敬：文化永遠會記住這些詩句，詩歌是最美的文化！

是為序。

孫立川

二〇一七年丁酉冬至

於香江穆穆書室

春曉

唐（載初）孟浩然

春眠不覺曉，處處聞啼鳥。夜來風雨聲，花落知多少。

《千家詩》①

【法書選觀】宋　黃庭堅

春眠不覺曉

涪翁題

以下供父母老師讀

注釋

① 千家詩：《宋史》卷二百九有「洪邁《唐一千家詩》一百卷」未見其他著錄。當今通行的《千家詩》，是傳世的童蒙讀物，往往屬名元初謝枋得。清初《楝亭六種》中《千家詩》，冠名後村，即南宋末詩人劉克莊，他是否編輯該書，也有疑問。而國圖藏《千家詩注》，手抄彩繪，確為皇家舊物。《千家詩》大體出現於宋末至明初間，已有六七百年歷史了。三種版本，總計選詩在千首以上，不方便小童閱讀使用。而《全中華古詩》成書無望，尚不能精選給孩子。故從《千家詩》中再精選，便成捷徑。春天是生命之始，兒時是人生之門。生命美麗的春天，當以此開篇，正與通行傳本所見略同。

偷採蓮

唐（大曆）白居易

小娃①撐小艇②，偷採白蓮回。不解藏路迹，浮萍③一道④開。

《後村千家詩》卷九

以下供父母老師讀

異文

池上

不解藏蹤跡。（以上《全唐詩》卷四五五）

注釋

①小娃：小女孩。
②艇：船。
③浮萍：浮開在水面的萍草。
④一道：一路。

登鸛鵲樓

唐（天寶） 王之渙

白日依山盡，黃河入海流。欲窮①千里目②，更上一層樓。

《千家詩》

以下供父母老師讀

異文

朱斌③：登樓（《全唐詩》卷二〇三）

朱佐日：登樓（《全唐詩續補遺》卷一）

注釋

① 窮：看盡。

② 千里目：放眼遙望，遠達千里。

③ 朱斌：有研究者稱，斌字佐日，疑為一人。待考。

尋隱者不遇

唐（貞元） 賈島

松下問童子，言師採藥去。只在此山中，雲深不知處。

《千家詩》

【法書選觀】元　趙孟頫

雲深不知處

趙孟頫書

以下供父母老師讀

異文

孫革：訪羊尊師

孫華：訪羊尊師（以上《全唐詩》卷四七三）

靜夜思

唐（長安）李　白

牀前明月光，疑是地上霜。舉頭望明月，低頭思故鄉。

《千家詩》

【法書選觀】宋　蘇軾

舉頭望明月

眉山蘇軾

以下供父母老師讀

異文

牀前看月光。
舉頭望山月。（以上《全唐詩》卷一六五）

秋風

唐（大曆）劉禹錫

何處秋風至，蕭蕭①送雁群。朝來入庭樹，孤客最先聞。

《後村千家詩》卷十二、《千家詩》

【法書選觀】宋 蔡襄②

何處秋風至

襄書

以下供父母老師讀

異文

秋風引（《全唐詩》卷二三　《全唐詩》卷三六四）

注釋

① 蕭蕭：象聲詞。形容秋風聲。

② 蔡襄：早有「蘇黃米蔡」四家之稱。將其好字集出，方能助人超越。

登岳陽樓

唐（先天）杜　甫

昔聞洞庭①水，今上岳陽樓②。吳楚東南坼③，乾坤④日夜浮⑤。親朋無一字⑥，老病有孤舟。戎馬⑦關山北，憑軒涕泗⑧流。

《千家詩》

以下供父母老師讀

注釋

①洞庭：湖名，在湖南省。
②岳陽樓：在湖南省岳陽市。始建於唐。為著名風景勝地。
③坼：音 chè；粵音 caak³，音同「策」。裂開。
④乾坤：《易經》中八卦的兩個卦。乾卦主要象徵天，坤卦主要象徵地。在此指天地間日月星辰。
⑤浮：懸浮，運動。
⑥無一字：指無書信來往。
⑦戎馬：軍馬。轉喻軍旅生涯。
⑧涕泗：眼淚和鼻涕。形容痛哭流涕。

破山寺後禪院

唐（開元）常　建

清晨入古寺，初日照高林。曲徑①通幽處，禪房②花木深。山光悅鳥性，潭影空人心。萬籟③此俱寂，惟聞鐘磬④音。

《千家詩》

以下供父母老師讀

異文

竹逕通幽處。
萬籟此都寂。
但餘鐘磬音。（以上《全唐詩》卷一一九）

注釋

① 曲徑：彎彎的小路。
② 禪房：寺院中僧人住的房屋。
③ 萬籟：指大自然中的聲音。
④ 鐘磬：磬，音 qìng；粵音 $hing^3$，音同「興」。兩種古老的打擊樂器。

春日偶成

宋（明道）程　顥

雲淡風輕近午天，傍花隨柳過前川①。時人不識余②心樂，將謂偷閒③學少年④。

《千家詩》

以下供父母老師讀

異文

偶成（時作鄂縣主簿）

望花隨柳過前川。

旁人不識予心樂。（以上《二程全書．二程文集卷一》）

注釋

① 前川：前方的河流。

② 余：予、吾、我。

③ 偷閒：閒，音 xián，粵音 haan4，音同「嫻」。忙中取閒。

④ 學少年：《千家詩》在宋代之前古籍中，似未見轉引。而清初的通俗小說中卻有多處提及。如《紅樓夢》中，引出四句，包括本詩「學少年」句，均使用通行本《千家詩》；又如《玉嬌梨》卷二曾引出一聯東坡詩，則據何版，已無從區別。事實證明《千家詩》在清代很普及，但版本十分複雜。如果《百家講壇》要配畫面，還真得小心。

春日

宋（建炎）朱熹

勝日①尋芳②泗水③濱④，無邊光景一時新。等閒⑤識得東風面⑥，萬紫千紅總⑦是春。

《千家詩》

以下供父母老師讀

注釋

① 勝日：指節日或親朋相聚的日子。
② 尋芳：找尋春天蹤跡。
③ 泗水：也叫泗河，在今山東泗水縣。
④ 濱：音 bīn；粵音 ban¹，音同「奔」。水邊。
⑤ 等閒：尋常，這裏用做泛指的謙詞。
⑥ 東風面：比喻春風裏的美人。宋代毛滂有「嬋娟不老，依舊東風面」，葉夢得有「曉煙溪畔，曾記東風面」，胡寅有「南枝更有東風面」等等。古人稱頌貌美，自有規律。
⑦ 總：全部，皆是。

元日①

宋（天禧）王安石

爆竹聲中一歲除，東風送暖入屠蘇②。千門萬户曈曈③日，總把新桃換舊符④。

《千家詩》

以下供父母老師讀

異文

爭插新桃換舊符。（《臨川先生文集》卷二十七）

注釋

① 元日：指農曆大年初一。
② 屠蘇：原本是一種草名，古人常將它作為房屋的裝飾，因此名屠蘇屋。有時指一種藥酒，或作酴酥、屠蘇。古代民間習俗於正月初一飲屠蘇酒。
③ 曈曈：日出漸明。
④ 桃符：懸掛在大門兩旁的長方形桃木板，每逢過年更新，祈福滅禍。一說它後來演變成對聯。

題臨安邸①

宋（淳熙）林升

山外青山樓外樓，西湖②歌舞幾時休。煖③風熏得遊人醉，直④把杭州⑤作汴州⑥。

《千家詩》

以下供父母老師讀

注釋

①臨安邸：杭州的居舍。
②西湖：湖名，在今浙江省杭州市西，也名明聖湖。是旅遊名勝。
③煖：同暖。
④直：竟。
⑤杭州：今浙江省省會，曾是南宋國都。
⑥汴州：今河南省開封市，古代又稱汴梁，曾是北宋國都。

清明

唐（貞元）杜牧

清明①時節雨紛紛，路上行人欲斷魂。借問②酒家何處有，牧童遙指③杏花村④。

《後村千家詩》卷三、《千家詩》

以下供父母老師讀

注釋

①清明：中國二十四節氣之一，是祭祀祖先的日子，傳統以掃墓懷念親人。
②借問：假設的問語，或作謙遜問語。
③遙指：遠指。牧童年少，隨心所指，乃成詩也。
④杏花村：地名，山西、山東、湖北、安徽、江蘇、甘肅等省都有杏花村。詩中的杏花村是哪裏，有人熱衷考證，有人認為不確定才美。

又，本詩未見杜牧本集收錄。讀者可不知；名家引，不可不知。

寒食

唐（天寶）韓翃

春城無處不飛花①，寒食②東風御柳斜。日暮漢宮傳蠟燭③，輕煙散入五侯④家。

《後村千家詩》卷三、《千家詩》

以下供父母老師讀

注釋

① 飛花：或作楊柳之絮。本是「春城飛花」，平凡得很，下置「寒食柳」「日暮燭」「輕煙散」諸景，又先寫下「無處不」三字，便成好詩。近年大都城，多有名人稱此為「公害」，揚言應予伐之，大有人定勝天之概。且慢，恐宜先讀此詩三遭。

② 寒食：指寒食節，是中國的傳統節日之一。每年清明節前一天，禁煙火，只吃冷餐，所以稱作寒食。至於寒食禁火，紀念誰人，可以討論。

③ 傳蠟燭：寒食節禁煙火，一些權貴得到皇帝特許恩典，賜以火燭，可以生火。

④ 五侯：這裏指漢成帝母舅王譚、王根、王立、王商、王逢五人。成帝建始元年同歲封侯。

客中思憶

唐（聖曆）王　維

獨在異①鄉為異客，每逢佳節倍思親。遙知兄弟登高處，遍插茱萸②少一人。

《後村千家詩》卷四

以下供父母老師讀

異文

九月九日憶山東兄弟（《全唐詩》卷一二八）

注釋

① 異：音 yì；粵音 ji⁶，音同「二」。其他的，別的。異鄉，他鄉。異客，別客，孤獨特殊的外來人。

② 茱萸：音 zhū yú；粵音 zyu¹ jyu⁴，音同「珠如」。植物名，可入藥，以消毒、祛風、逐寒為主。中國風俗，在重陽節人人應佩戴茱萸，可以去災避邪。

梅花

宋　杜耒

寒夜客來茶當①酒，竹爐②湯沸火初紅。尋常一樣窗前月，纔有梅花③便不同。

《後村千家詩》卷七、《千家詩》

以下供父母老師讀

異文

寒夜（《千家詩》《詩家鼎臠》卷上）

注釋

① 當：音 dàng，去聲漾韻；粵音 dong³，音同「檔」。當，作。
② 竹爐：外殼為竹編成，內放一小缽，缽內放木炭。煮水、取暖用。
③ 纔有梅花：這裏非專指因有梅而美。而是指火紅之爐、平淡的月，如何缺得梅呢？

秋

唐（貞元）杜牧

銀燭秋光冷畫屏，輕羅小扇撲①流螢。天街夜色涼如水，臥看牽牛織女星②。

《後村千家詩》卷二、《千家詩》

以下供父母老師讀

異文

七夕（《千家詩》）

秋夕

紅燭秋光冷畫屏。

天階夜色涼如水。

坐看牽牛織女星。（以上《全唐詩》卷五二四）

注釋

① 撲：音 pū，入聲；粵音 pok^3，音同「樸」。拍打。

② 牽牛織女星：也稱牛郎織女。指牽牛星和織女星。牽牛星屬天鷹座，織女星屬天琴座。傳說牛郎在天河東岸，織女在天河西岸。每年的七月初七才能在天河中的鵲橋上相見一回。

七夕

五代梁（龍德）楊樸

未會牽牛意若何，須邀織女弄金梭①。年年乞與人間巧，不道人間巧已多。

《後村千家詩》卷四

【法書選觀】唐　褚遂良

不道人間巧已多

褚遂良書

以下供父母老師讀

注釋

① 梭：音 suō；粵音 so¹，音同「蔬」。梭子。織布機上的引線工具。

江村

宋（大中祥符）蔡襄

黯①淡江村春日斜，汀洲②芳草野田花。孤舟橫笛③向何處，竹外炊煙④一兩家。

《後村千家詩》卷十四

以下供父母老師讀

注釋

① 黯：音 àn，粵音 am²，音同「諳」。昏暗。
② 汀洲：水中小塊陸地。
③ 橫笛：竹笛。古稱橫吹。
④ 炊煙：農家做飯時煙囱裏冒出的煙。借喻人煙。

危樓

五代周（顯德）王禹偁

危樓①高百尺，手可摘星辰。不敢高聲語，恐驚天上人。

《後村千家詩》卷十六

以下供父母老師讀

異文

少年登樓（《侯鯖錄》卷二）
李白：烏牙寺
夜宿烏牙寺，舉手捫星辰。（以上《麈史》卷二）
李白：峰頂寺詩
夜宿峰頂寺，舉手捫星辰。（以上《類說》卷十五）
作者：楊億（《宋詩紀事補正》卷六）

注釋

① 危樓：高樓。

本詩於李白、王禹偁、楊億諸本集中均不見收錄。既不能按老少取之，又不能考出真偽，好詩何必點名高聲唱？

燕

唐（大曆） 劉禹錫

朱雀橋①邊野草花，烏衣巷②口夕陽斜。舊時王謝③堂前燕，飛入尋常百姓家。

《後村千家詩》卷十九、《千家詩》

以下供父母老師讀

異文

烏衣巷（《千家詩》）

金陵五題．烏衣巷（《全唐詩》卷三六五）

注釋

① 朱雀橋：在今南京市。三國吳時稱南津橋。東晉時改名朱雀桁。

② 烏衣巷：亦在南京市。三國吳時，於此置烏衣營，以兵士服烏衣而名。東晉時，王、謝等豪門世族聚居於此。

③ 王謝：指東晉時以王導、謝安為代表的兩大著名仕族。

獨坐敬亭山①

唐（長安）李白

眾鳥高飛盡②，孤雲獨去閒。相看③兩不厭，只有敬亭山。

《千家詩》

【法書選觀】宋高宗　趙構

相看兩不厭

以下供父母老師讀

注釋

① 敬亭山：山名，在安徽省宣城市。
② 盡：遠。
③ 看：音 kān，平聲寒韻；粵音 hon1，音同「刊」。

夜送趙縱①

唐（永徽）楊　炯

趙氏②連城璧③，由來天下傳。送君還舊府，明月滿前川。

《千家詩》

【法書選觀】明　文徵明

明月滿前川　徵明

以下供父母老師讀

注釋

① 趙縱：楊炯之友，山西人。
② 趙氏：指戰國時的趙國。
③ 連城璧：價值連城的玉璧。在此專指和氏璧。

送朱大入秦①

唐（載初）孟浩然

遊人五陵②去，寶劍值千金。分手脫相贈，平生一片心。

《千家詩》

以下供父母老師讀

異文

遊人武陵去。

寶劍直千金。（以上《全唐詩》卷一六〇）

注釋

① 秦：這裏指長安。

② 五陵：指漢代的五個皇陵，即長陵、安陵、陽陵、茂陵、平陵。漢代皇帝每立皇陵，都把四方豪族和外戚遷到陵墓附近居住。後來泛指貴族聚居的地方。

秋夜寄邱員外①

唐（開元）韋應物

懷②君屬③秋夜，散步詠涼天④。空山松子落，幽人⑤應未眠。

《千家詩》

以下供父母老師讀

異文

秋夜寄丘二十二員外

山空松子落。（以上《全唐詩》卷一八八）

注釋

① 邱員外：當作丘員外。孔子名丘，清雍正時為避諱，除四書五經外，遇「丘」皆寫「邱」。異文之「二十二」，乃唐人稱謂多用同宗排行。

② 懷：想念。

③ 屬：正當。

④ 涼天：秋高氣爽。

⑤ 幽人：隱士。

汾①上驚秋②

唐（咸亨）蘇　頲

北風吹白雲，萬里渡河汾。心緒逢搖落③，秋聲不可聞。

《千家詩》

【法書選觀】唐　顏真卿

秋聲不可聞

顏真卿書

以下供父母老師讀

注釋

① 汾：汾水，黃河支流。

② 驚秋：驚訝秋過冬來。

③ 搖落：指樹木凋謝。

秋浦①歌

唐（長安）李白

白髮三千丈，緣愁似個②長。不知明鏡裏，何處得秋霜③。

《千家詩》

【法書選觀】宋　米芾

白髮三千丈

襄陽米芾

以下供父母老師讀

注釋

① 秋浦：在今安徽貴池西南，那裏有秋浦河。
② 似個：像這樣。
③ 秋霜：這裏指白髮。

答武陵太守

唐（開元）王昌齡

仗劍行千里，微軀敢一言。曾為大梁①客，不負信陵②恩。

《千家詩》

以下供父母老師讀

異文

答武陵田太守

微軀感一言。（以上《全唐詩》卷一四三）

注釋

① 大梁：戰國魏首都。

② 信陵：指戰國四公子之一的信陵君魏無忌。曾廣招天下之士，禮敬之。

三閭廟①

唐（開元）戴叔倫

沅湘②流不盡，屈子③怨何深。日暮秋風起，蕭蕭楓樹林。

《千家詩》

以下供父母老師讀

異文

過三閭廟
屈宋怨何深。
日暮秋煙起。（以上《全唐詩》卷二七四）

注釋

① 三閭廟：是奉祀戰國時楚國三閭大夫屈原的廟宇。
② 沅湘：指沅水、湘水。
③ 屈子：指屈原。屈原，名平，字原。戰國末楚國人。忠心報國，卻屢遭迫害。秦滅楚後，投汨羅江自盡。一說端午節由此而來。留有《離騷》、《九歌》、《九章》等作品。

蜀道後期

唐（乾封）張說

客心①爭日月，來往預期②程。秋風不相待，先至洛陽③城。

《千家詩》

【法書選觀】宋　蘇軾

客心爭日月

眉山蘇軾

以下供父母老師讀

注釋

① 客心：游子的心情。
② 預期：後期，以後日期。白居易有「未卜後期」。
③ 洛陽：位於今河南省，是中國著名古都之一。

易水①送別

唐（貞觀）駱賓王

此地別燕丹②，壯士③髮衝冠④。昔時人已沒，今日水猶寒。

《千家詩》

以下供父母老師讀

異文

於易水送人（《全唐詩》卷七九）

注釋

① 易水：河流名，在今河北省西部。源出易縣境，入南拒馬河。一說荊軻入秦行刺秦王，燕太子丹在此送別。
② 燕丹：戰國末燕國太子，曾派荊軻入秦刺殺秦王嬴政。
③ 壯士：意氣壯盛之人。這裏指荊軻。
④ 冠：帽子。

烏

唐（貞觀）李義府

日裏颺①朝彩，琴中伴夜啼。上林②如許③樹，不借一枝棲。

《後村千家詩》卷十九

以下供父母老師讀

異文

詠烏

不借一枝栖。（以上《全唐詩》卷三五）

注釋

① 颺：音 yáng；粵音 joeng4，音同「羊」。飛揚，飄揚。
② 上林：秦舊苑，漢武帝時擴建。後用作皇家園林代稱。
③ 如許：這麼多。

按：本詩往往被稱意識流之祖。氣象迷茫，意旨無形，別具一格，不評為宜。

初春小雨

唐（大曆）韓愈

天街①小雨潤如酥②，草色遙看近卻無。最是一年春好處，絕勝③煙柳滿皇都④。

《千家詩》

以下供父母老師讀

異文

早春呈水部張十八員外（《全唐詩》卷三三六）

注釋

① 天街：歷來天街有二解，一為天上銀河；一為帝都之主幹道。韓愈一生僅有「天街東西異」「析木天街」以及本詩，計一文二詩三用，皆不在天上，而在帝都長安城。當稱人間善宰韓愈也。

② 酥：音 sū；粵音 sou[1]，音同「蘇」。用牛羊乳製成的食品。例如酥油。

③ 勝：音 shēng，平聲蒸韻；粵音 sing[1]，音同「升」。

④ 皇都：指京城長安城。

夏

唐（咸通）高駢

綠樹陰濃夏日長，樓臺倒影入池塘。水晶簾動微風起，滿架薔薇①滿院香。

《後村千家詩》卷二、《千家詩》

以下供父母老師讀

異文

山亭夏日（《千家詩》）

水精簾動微風起。

滿架薔薇一院香。（《千家詩》　以上《全唐詩》卷五九八）

注釋

① 薔薇：落葉灌木，花白色或淡紅色，幹多刺，有芳香。果實可以入藥。玫瑰、月季、薔薇同屬，早在漢代已有文獻記載，源自中國。所云經絲綢之路由伊朗傳入，恐是後話。

夏

宋（天禧） 王安石

四顧山光接水光，凭欄①十里芰②荷香。清風明月無人管，並作南來一味涼。

《後村千家詩》卷二

以下供父母老師讀

異文

黃庭堅：鄂州南樓書事

並作南樓一味涼。（以上《山谷內集詩注》卷十八）

注釋

① 凭欄：倚靠着欄杆。

② 芰：音jì；粵音gei^6，音同「技」。菱角。菱與荷香，伴隨明月一洩十里，有如一味爽涼清風。凭欄神仙有二位，一為執拗「南來」改革家王介甫，一為執著「南樓」藝術家黃山谷，哪位？

初夏

宋（乾道）戴復古

乳鴨①池塘水淺深，熟梅天氣半晴陰。東園載酒西園醉，摘盡枇杷②一樹金。

《後村千家詩》卷二、《千家詩》

以下供父母老師讀

異文

初夏遊張園（《千家詩》）

熟梅天氣半陰晴。（以上《石屏詩集》卷七）

注釋

① 乳鴨：小鴨子。

② 枇杷：音 pí bá；粵音 pei^4 paa^4，音同「皮爬」。主要產於我國南方。果實可食，葉子可入藥，有消痰鎮咳作用。

按：此詩作者，活了八十多歲，做了許多詩，也認真學習各詩派的長處。但總未達到他老師陸游「小樓一夜聽春雨，深巷明朝賣杏花」之靈境。但陸游詩作過多，像「夜泊秦淮聽春雨」「午夜聽春雨」「擁被聽春雨」均為其所作，難免令人起膩。估計戴先生亦不曾知這個「四聽春雨」的典故。

絕句

唐（先天）杜甫

兩箇黃鸝①鳴翠柳，一行白鷺②上青天。窗含西嶺千秋雪，門泊③東吳④萬里船。

《千家詩》

以下供父母老師讀

注釋

①黃鸝：鳥名。即黃鶯。詩人喜其雙居。
②白鷺：鳥名。羽毛白色，腿長，能涉水捕魚、蝦等。詩人說其喜群居。
③泊：停留。
④東吳：三國時期的吳國。泛指古代吳地。大約相當於今江蘇、浙江、安徽三省部份地區。

按：本詩題稱「絕句」，稍差矣。宜屬題為「絕對」。全詩三字當對，二字相安，無一字不妥，堪稱「聖詩」。

遊園不值

宋　葉紹翁

應嫌屐①齒印蒼苔②，十扣柴扉③九不開。春色滿園關不住，一枝紅杏出牆來。

《千家詩》

以下供父母老師讀

異文

十扣柴門九不開。（《靖逸小集》）

注釋

① 屐：音jī；粵音kek⁶，音同「劇」。木屐，底下有齒，行於泥地比較方便，我國南方至今一直使用。
② 蒼苔：青苔，生長在水中或潮濕的地方。
③ 扉：音fēi；粵音fei¹，音同「非」。門扇，泛指門。

按：「一枝」句，錢鍾書先生《宋詩選註》第四五一頁説，唐末吳融《途中見杏花》和陸游的《馬上作》早有之。至於「春色滿」語，唐令狐楚有「春色滿神州」和「春色滿皇州」。沈亞之、裴夷直、貫休、蘇東坡、黃庭堅亦曾染指。「關不住」語，唐戴叔倫有「滿地白雪關不住」。元代後，有多位僧人，在「春色」句下，置「碎盡衲衣那有結」，也自有情趣。但諸公均不提葉紹翁的貢獻。一字之差，千錘百煉，誦頌其成，何樂可支也。

慶全菴桃花

宋（寶慶）謝枋得

尋得桃源①好避秦②，桃紅又是一年春。花飛莫遣③隨流水，怕有漁郎來問津④。

《千家詩》

以下供父母老師讀

異文

桃紅又見一年春。（《宋詩紀事補正》卷六十七）

注釋

① 桃源：晉代陶潛《桃花源記》中虛構的與世隔絕的樂土。此聯詩上句見引《紅樓夢》第一〇八回，下句見引第六十三回。這是一首滿冷僻的詩。事有湊巧，一聯詩的兩句，山水隔絕，竟被分派給紅學家似無爭議的兩位作者曹雪芹和高鶚。歷史展現了無情的一面。《紅樓夢》的作者怎麼會更像是一位呢？

② 秦：戰國時的秦國。戰國末期，秦國吞併六國，連年戰亂。

③ 遣：音 qiǎn，粵音 hin2，音同「顯」。使，讓。

④ 問津：問路。津，渡口。

晴

唐（大順）王駕

雨前初見花間蕊①，雨後兼無葉裏花。蛺蝶②飛來過牆去，卻疑春色在鄰家。

《後村千家詩》卷五、《千家詩》

以下供父母老師讀

異文

春晴

雨後全無葉底花。

蜂蝶紛紛過牆去。（以上《千家詩》）

雨晴（《全唐詩》卷六九〇）

注釋

① 蕊：音 ruǐ；粵音 jeoi5。花蕊。

② 蛺蝶：蝴蝶。作者巧妙而直白地書寫自然景象，卻深刻而從容地道出了人生哲學。哲學並不艱深，每日每時可見，只看用心不用心。

客中初夏

宋（天禧）　司馬光

四月清和雨乍①晴，南山當户轉分明。更無柳絮②因風起，惟有葵花向日傾③④。

《千家詩》

以下供父母老師讀

異文

居洛初夏作

更無柳絮隨風起。（以上《詩林廣記》後集卷十）

注釋

① 乍：音 zhà；粵音 zaa3，音同「炸」。突然。

② 柳絮：成熟的柳樹種子，有白色絨毛，隨風飛落。

③ 傾：音 qīng；粵音 king1，音同「頃」。側，斜。

④ 更無聯：當為作者自我追求的表白。蘇東坡曾感嘆曰：「兒童誦君實，走卒知司馬」，可知司馬光力倡向日傾倒，恰為眾望所歸。

三衢①道中

宋（熙寧）曾紆

梅子黃時日日晴，小溪汎②盡卻山行。綠陰不減來時路，添得黃鸝四五聲。

《千家詩》

以下供父母老師讀

異文

作者：曾幾

小溪泛盡卻山行。（以上《宋詩紀事補正》卷三十七）

注釋

① 三衢：衢音 qú；粵音 keoi⁴，音同「渠」。地名，今浙江省三衢山。

② 汎：音 fàn；粵音 faan³，音同「泛」。漂浮，此處指乘船的意思。

重九前一日

宋（元祐）陳與義

小甕①今朝熟，無勞問酒家。重陽②明日是，何處有黃花③。

《後村千家詩》卷四

以下供父母老師讀

異文

九月八日戲作兩絕句示妻子（《增廣箋注簡齋詩集》卷三十）

注釋

① 甕：音 wèng；粵音 ung^{3}。陶製的盛酒器皿。

② 重陽：農曆九月九日。中國古代以九為陽數，九月而又九日，故稱重陽。

③ 黃花：菊花。泛指菊花酒。杜甫有「明日重陽酒」，「舊日重陽日，傳杯不放杯」等可證，重陽不可無酒。

按：作者是南北宋之交很有成就的詩人。由於戰亂，使其深得杜甫詩意。此「重九」詩，大有杜翁「漫卷詩書」「青春作伴」之興。此即心心相印乎？

送元二使安西①

唐（聖曆）王維

渭城②朝③雨浥④輕塵，客舍青青柳色新。勸君更盡一杯酒，西出陽關⑤無故人。

《千家詩》

以下供父母老師讀

異文

渭城曲

客舍青青柳色春。（以上《全唐詩》卷二七　《全唐詩》卷一二八）

注釋

① 安西：唐代安西都護府，在今新疆維吾爾自治區庫車縣一帶。
② 渭城：地名，秦咸陽。
③ 朝：早晨。
④ 浥：音yì；粵音jap1，音同「泣」。濕潤。
⑤ 陽關：在今甘肅省。以居「玉門關」之南而名。

泊秦淮①

唐（貞元）杜牧

煙籠②寒水月籠沙，夜泊秦淮近酒家。商女③不知亡國恨，隔江猶唱後庭花④。

《千家詩》

以下供父母老師讀

注釋

① 秦淮：水名，即秦淮河。相傳秦始皇於方山掘流，故曰秦淮。

② 籠：音 lóng；粵音 lung4，音同「龍」。罩着。

③ 商女：歌女。一般詞書均認定「商女」一詞，出自杜牧此詩。然白居易有《讀張籍古樂府詩》，明言張籍有「學仙詩」「董公詩」及「商女詩」，前二者於張籍本集中可見，唯「商女詩」未見。但稍長於杜牧的白、張二人生活時代稍早，已有「商女」一詞在世，足可證明非牧首創。詞源判斷自當慎重，一經推倒，愧對電子時代。

④ 後庭花：唐教坊曲名。南朝陳後主與倖臣按曲造詞，陳亡後，後世比作亡國之音。

答李儋元錫①

唐（開元）韋應物

去年花裏逢君②別，今日花開又一年。世事茫茫難自料③，春愁黯黯獨成眠。身多疾病思田里④，邑⑤有流亡愧俸錢。聞道欲來相問訊，西樓望月幾回圓。

《千家詩》、《明解增和千家詩注》

以下供父母老師讀

異文

答李儋（《明解增和千家詩注》）

今日花開已一年。（《全唐詩》卷一八八）

注釋

① 李儋元錫：儋，音 dān；粵音 daam[1]，音同「擔」。李儋，字元錫，作者之友。

② 逢君：與你相見。

③ 自料：自己估計。

④ 田里：指故鄉。

⑤ 邑：音 yì；粵音 jap[1]，音同「泣」。古代行政區。

和晉陵①陸丞相早春遊望

唐（貞觀）杜審言

獨有宦遊②人，偏驚物候新。雲霞出海曙③，梅柳渡江春。淑氣④催黃鳥，晴光轉綠蘋。忽聞歌古調，歸思欲霑巾⑤。

《千家詩》

以下供父母老師讀

異文

和晉陵陸丞早春遊望（《全唐詩》卷六二）

韋應物：和晉陵陸丞早春遊望（《全唐詩》卷一九五）

注釋

① 晉陵：地名，今江蘇常州市。
② 宦遊：古代士子外出求官或做官。
③ 曙：音 shǔ，粵音 cyu⁵，音同「柱」。天亮，破曉。
④ 淑氣：溫和之氣。
⑤ 霑巾：這裏指淚水打濕了衣服。

送杜少府①之任蜀州②

唐（貞觀）王　勃

城闕③輔三秦④，風煙望五津⑤。與君離別意，同是宦遊人。海內存知己，天涯若比鄰。無為在岐路，兒女共沾巾。

《千家詩》

以下供父母老師讀

異文

杜少府之任蜀州（《全唐詩》卷五六）

注釋

①少府：是唐代對縣尉的通稱。
②蜀州：地名。今四川崇州。
③城闕：城市。在此指唐代都城長安。
④三秦：《史記》云，項籍滅秦後，分其地為三，名曰雍王、翟王、塞王。號曰三秦。
⑤五津：《華陽國志》云，蜀大江自湔堰下至犍為有五津，一曰白華津，二曰萬里津，三曰江首津，四曰涉頭津，五曰江南津。

送友人

唐（長安）李白

青山橫北郭①，白水遶東城。此地一為別，孤蓬②萬里征。浮雲遊子③意，落日故人情。揮手自茲④去，蕭蕭班馬⑤鳴。

《千家詩》

以下供父母老師讀

注釋

① 郭：音 guō，粵音 gwok3，音同「國」。外城。古代在城的外圍加築一道城牆。
② 孤蓬：蓬，草名。蓬草秋枯帶土根拔，風捲而飛，故又名曰飛蓬。孤蓬在此譬喻隻身飄零，沒有安定居所。
③ 遊子：出外遠遊的人。
④ 茲：音 zī，粵音 zi1，音同「之」。此。
⑤ 班馬：載人離去之馬。

次①北固山②下

唐（先天）王灣

客路青山外，行舟綠水前。潮③平兩岸闊④，風正一帆懸⑤。海日生殘夜，江春入舊年。鄉書⑥何處達，歸雁洛陽邊。

《千家詩》

以下供父母老師讀

注釋

① 次：止，停留。
② 北固山：鎮江三山名勝之一。
③ 潮：潮水。
④ 闊：這裏指寬廣。
⑤ 懸：音 xuán，粵音 $jyun^4$，音同「原」。掛。
⑥ 鄉書：家信。

旅夜書懷

唐（先天）杜甫

細草微風岸，危檣①獨夜舟。星隨平野闊②，月湧③大江流。名豈文章著，官應老病休。飄飄何所似，天地一沙鷗。

《千家詩》

以下供父母老師讀

異文

星垂平野闊。
官因老病休。（以上《全唐詩》卷二二九）

注釋

①危檣：船上的桅杆。
②闊：這裏指遠離。
③湧：不說月昇，而譬喻是月亮推動大江流淌。如果英倫李約瑟先生早讀此詩，或許會在《中國科技史》中增加一說，論述詩人杜甫發現了月球運動和潮湧的因果關係。

春暮

唐（先天）杜甫

腸斷春江欲盡頭，杖藜①徐步立芳洲。顛狂②柳絮隨風舞，輕薄③桃花逐④水流。

《後村千家詩》卷一

以下供父母老師讀

異文

絕句漫興

顛狂柳絮隨風去。（以上《全唐詩》卷二二七）

注釋

①杖藜：藜，一種草本植物，莖堅硬，可做拐杖。杖藜指拄着拐杖。
②顛狂：瘋狂無羈。
③輕薄：輕佻活潑。
④逐：追趕。

春暮

唐（大曆）韓愈

草木知春不久歸，百般紅紫鬥芳菲①。楊花榆莢②無才思③，惟解漫④天作雪飛⑤。

《後村千家詩》卷一、《千家詩》

以下供父母老師讀

異文

晚春（《千家詩》）

遊城南十六首·晚春

草樹知春不久歸。（以上《全唐詩》卷三三六）

注釋

① 芳菲：美麗芬芳的花草。
② 榆莢：榆樹的莢實。
③ 才思：在此指靈氣。
④ 漫：音 mán，平聲寒韻；粵音 maan4，音同「蠻」。漫，遍。
⑤ 雪飛：像雪花飛舞。

涼

宋（皇祐）秦觀①

攜②杖來追柳外涼，畫船南畔倚胡牀③。月明船笛參差④起，風定池蓮自在香。

《後村千家詩》卷五

【法書選觀】宋　張即之

風定池蓮自在香　張即之書

以下供父母老師讀

注釋

① 秦觀：《詩林廣記後集》卷八亦屬此詩為秦觀作。陸游《劍南詩稿校注》卷十一，有《橋南納涼》詩，前四句與此詩同。

② 攜：音 xié；粵音 kwai4，音同「葵」。提，帶。

③ 胡牀：一種可以摺疊的坐椅，非常輕便。又稱交牀，交椅。

④ 參差：音 cēn cī；粵音 caam1 ci1，音同「攙痴」。不整齊。

曉

宋（紹聖）晁沖之

老去功名意轉疏，獨騎瘦馬取長途。孤村到曉猶燈火，知有人家夜讀書。

《後村千家詩》卷六

【法書選觀】明 文彭

知有人家夜讀書 文彭

以下供父母老師讀

異文

夜行（《晁具茨先生詩集》卷十二）

舟中

唐（天寶）張繼

月落烏啼霜滿天，江楓漁火對愁眠。姑蘇①城外寒山寺②，夜半鐘聲到客船。

《後村千家詩》卷六、《千家詩》

以下供父母老師讀

異文

楓橋夜泊（《千家詩》）

江楓漁父對愁眠。（以上《全唐詩》卷二四二）

注釋

① 姑蘇：今江蘇省蘇州市。

② 寒山寺：寺名，在今江蘇省蘇州市西楓橋附近。相傳唐代著名詩僧寒山、拾得二人在此住過，因此得名。寒山和拾得的詩，很有特色。明明是出家僧人，在數百首詩中，絕少説佛談禪，而是道盡人間美輪美奐。《千家詩》的編者，可能沒讀到那些詩，也可能讀了而不欣賞。蘇東坡有位好友，也是一位聰明絕頂的出家人，法號佛印，他們二人的友誼也算是中國文壇勝事。孩子們如果能知道，便可理解，儒佛二家在中國文化當中，不只「爭鳴」。

秋夜

宋（紹興）朱淑真

夜久無眠秋氣清，燭花①頻剪欲三更。鋪牀涼滿梧桐月，月在梧桐缺處明。

《後村千家詩》卷六

【法書選觀】宋徽宗　趙佶

月在梧桐闕處明

御書一下

以下供父母老師讀

注釋

① 燭花：蠟燭的火燄。燭心結為穗形，亦稱燭花。

梅花

宋　盧梅坡①

梅雪爭春未肯降②，騷人閣筆③費平章④。梅須遜雪三分白，雪卻輸梅一段香⑤。

《後村千家詩》卷七、《千家詩》

以下供父母老師讀

異文

雪梅

騷人閣筆費評章。（以上《千家詩》）

注釋

① 盧梅坡：《後村千家詩》卷一、七、九、十、十一、二十等共引其詩十一首。《山房隨筆》引詩兩首。共存詩十三首，均見《宋詩紀事補正》卷七十一。《補正》卷六十六有盧鉞，永福人，淳祐四年進士。存《後村千家詩》卷十三，卷十七各一首，《臨安志》卷九十七收兩首，共四首。疑盧鉞、盧梅坡為一人。

② 降：音 xiáng；粵音 hong⁴，音同「航」。服輸。

③ 騷人閣筆：騷人，詩人。閣筆，停筆，放下筆。閣同擱，擱置。

④ 平章：品評。

⑤ 一段香：以段度香，新奇，但略呆板。

荔枝

宋（景祐）蘇軾

羅浮山①下四時②春，盧橘③楊梅次第新。日啖④荔枝三百顆，不辭長作嶺南人。

《後村千家詩》卷九

以下供父母老師讀

異文

食荔支

日啖荔支三百顆。（以上《蘇文忠公詩編注集成》卷四十）

注釋

① 羅浮山：山名，在廣東省增城、博羅、河源等縣間。廣達百餘公里，峰巒四百餘座，盛產水果，風景秀麗，為粵中名山。

② 四時：四季。

③ 盧橘：果名。又名金橘。

④ 啖：音 dàn，粵音 daam6，音同「淡」。吃。

芙蓉①

宋（淳熙）劉克莊②

池上新開一兩叢③，未妨冷淡伴詩翁。而今縱④有看花意，不愛深紅愛淺紅。

《後村千家詩》卷九

以下供父母老師讀

異文

池上秋開一兩叢。（《後村居士詩》卷七）

注釋

① 芙蓉：荷花的別名。
② 劉克莊：「後村」本人，《後村千家詩》號稱之選編者。自作自畫，自選自詩，信否？
③ 叢：音 cóng，粵音 cung4，音同「從」。生長中的一堆植物。
④ 縱：音 zòng，粵音 zung3，音同「種」。即使。

草

唐（光啟）鄭　谷

花落江堤簇①暖煙，雨餘江色遠相連。香輪莫碾②青青③破，留與遊人一醉眠。

《後村千家詩》卷十一

以下供父母老師讀

異文

曲江春草
雨餘草色遠相連。
香輪莫輾青青破，留與愁人一醉眠。（以上《全唐詩》卷六七四）

注釋

①簇：音 cù；粵音 cuk[1]，音同「束」。堆積成團。
②碾：音 niǎn；粵音 nin[5]。滾壓。
③青青：指青草。鄭谷因《鷓鴣詩》而名滿天下，其詩恰有「雨昏青草湖邊遇」句，景色意境大同本詩，如取異文「愁人」意似更長。揣摩古人，反做外人。

霜月

唐（元和）李商隱

初聞征鴈已無蟬①，百尺樓高水接天。青女②素娥③俱耐冷，月中霜裏鬥嬋娟④。

《後村千家詩》卷十二

【法書選觀】元　趙孟頫

百尺樓高水接天
趙孟頫書

以下供父母老師讀

注釋

①無蟬：聽不到蟬鳴，霜月深秋到了。
②青女：神話中掌握霜雪的女神。
③素娥：月中女神，指嫦娥。
④嬋娟：形容姿態美好而優雅的女性。

登山

唐（太和）李涉

終日昏昏醉夢間，忽聞春盡強①登山。因過②竹院逢僧話③，又得浮生④半日閑。

《後村千家詩》卷十四、《千家詩》

以下供父母老師讀

異文

題鶴林寺僧舍（《全唐詩》卷四七七）

注釋

① 強：音 qiǎng，上聲養韻；粵音 koeng5。勉強。
② 過：音 guō，平聲歌韻；粵音 gwo3。過，經。
③ 逢僧話：逢僧，遇到僧人。話，談話，聊天。
④ 浮生：指人生，形容人生在世，虛浮無定。

田家

宋（靖康）范成大

晝出耘①苗夜績麻②，村莊兒女各當家。兒童未解供耕織，也傍桑陰③學種瓜。

《後村千家詩》卷十四、《千家詩》

以下供父母老師讀

異文

四時田園雜興六十首並引·夏日田園雜興十二絕

晝出耘田夜績麻。（《千家詩》）

童孫未解供耕織。（《千家詩》　以上《石湖居士詩集》卷二七）

注釋

① 耘：音 yún，粵音 wan⁴，音同「雲」。從事農業勞作，指除去雜草。

② 績麻：績音 jī，入聲；粵音 zik¹，音同「即」。將麻搓成絲狀，加工成線。

③ 桑陰：桑樹的樹蔭。

江居

宋　葉元素

家住夕陽江上村，一灣流水護柴門。種來松樹高於屋，借與春禽①養子孫。

《後村千家詩》卷十五

【法書選觀】明　李鳳②

借與春禽養子孫　永樂大典

以下供父母老師讀

異文

絕句（《宋詩紀事補正》卷七十一）

注釋

① 春禽：春天的飛鳥。
② 李鳳：引自明嘉靖鈔本《永樂大典》卷三五二六，該卷末附有重錄工作人員名單。

西湖

宋（景祐）蘇　軾①

畢竟西湖六月中，風光不與四時同。接天蓮葉無窮碧，映水荷花別樣紅。

《後村千家詩》卷十五、《千家詩》

以下供父母老師讀

異文

夏

映日荷花別樣紅。（以上《宋詩紀事補正》卷二十一）

作者：楊萬里

曉出淨慈送林子方

映日荷花別樣紅。（《千家詩》　以上《誠齋集》卷二十三）

注釋

① 蘇軾：本詩未見蘇集，兩本《千家詩》都沒有屬名。但《錦繡萬花谷後集》卷三、《西湖遊覽志餘》卷十均屬東坡名。錢鍾書先生在他的《宋詩紀事補正》卷二十一有按語曰：「這首詩的著作權發生了歧議。詩主的紛爭，歷來多見。如此名家名句的官司，當屬罕見。數百年來，各擺各理，說而不爭，可證名利早已被當局者置之度外。後人必為之論爭。非此必彼，魚死網破，則可不必。」恰似映水荷花別樣的紅，好爭者讀之否？

初晴後雨

宋（景祐）蘇　軾①

水光瀲灩②晴方好，山色空濛雨亦奇。欲把西湖比西子③，淡妝濃抹也相宜。

《後村千家詩》卷十五、《千家詩》

以下供父母老師讀

異文

飲湖上初晴後雨（《千家詩》）

若把西湖比西子。

淡粧濃抹總相宜。（《千家詩》　以上《蘇文忠公詩編注集成》卷九）

注釋

① 蘇軾：《後村千家詩》卷十五未屬作者名。

② 瀲灩：音 liàn yàn；粵音 lim⁶ jim⁶，音同「斂驗」。形容水波蕩漾的樣子。

③ 西子：西施的別稱。春秋時，越國被吳國打敗後，傳説越王勾踐命范蠡求得美女西施，進獻給吳國，以迷亂吳王夫差。最終越國打敗吳國，得以報讎雪恥。後來西施隨范蠡遊五湖而去。一説西施被越王賜死。

湖景

宋（紹定）徐元杰

花開紅樹亂鶯啼，草長①平湖白鷺飛。風物②晴和人意好，夕陽簫鼓③幾船歸。

《後村千家詩》卷十五、《千家詩》

以下供父母老師讀

異文

湖上（《宋詩紀事補正》卷六十四引《西溪叢話》）

風日晴和人意好。（以上《千家詩》）

注釋

① 草長：長，音 zhǎng；粵音 zoeng2，音同「掌」。草木生長。

② 風物：風光景物。

③ 簫鼓：兩種樂器，通指簫和鼓的演奏聲。

溪居

唐（開元）韋應物

獨憐幽草①澗②邊生，上有黃鸝深樹鳴。春潮③帶雨晚來急，野渡④無人舟自橫。

《後村千家詩》卷十五、《千家詩》

以下供父母老師讀

異文

滁州西澗（《千家詩》 《全唐詩》卷一九三）

注釋

① 幽草：幽深地方的草叢。
② 澗：音 jiàn；粵音 gaan³，音同「諫」。指兩山間的水流。
③ 春潮：春風。
④ 渡：渡口，碼頭。

泊舟

宋（紹定）黃　載

片帆寂寞繞孤村，茅店①驚寒半掩門。行草②不成風斷雁，一江煙雨正黃昏。

《後村千家詩》卷十五

【法書選觀】宋　張即之

一江煙雨正黃昏　張即之書

以下供父母老師讀

注釋

① 茅店：小客舍。
② 行草：行草書，一種書法字體。這裏指提筆書寫。

寺

唐（貞元）杜　牧

千里鶯啼綠映紅，水村山郭①酒旗②風。南朝③四百八十寺④，多少樓臺煙雨中。

《後村千家詩》卷十六、《千家詩》

以下供父母老師讀

異文

江南春（《千家詩》）

江南春絕句（《全唐詩》卷五二二）

注釋

① 山郭：近山的城牆。

② 酒旗：酒店門前的招牌，多以布做，故曰旗。

③ 南朝：指中國歷史上南北朝時期的南朝。

④ 四百八十寺：數字並非確指。中國詩歌中的數字值得考究，也十分有趣，但多數為泛指，藝術往往認不得真。你蠢蠢地認真，文化就會嘲弄你，不信試試。

笛

唐（天寶）李益①

回樂②峰前沙似雪，受降城③外月如霜。不知何處吹蘆管④，一夜征人⑤苦望鄉。

《後村千家詩》卷十八

以下供父母老師讀

異文

夜上受降城聞笛
受降城下月如霜。
一夜征人盡望鄉。（以上《全唐詩》卷二八三）

注釋

① 李益：《後村千家詩》卷十八此詩未直屬作者。據《舊唐書》卷一百三十七和《全唐詩》卷二百八十三補。
② 回樂：靈州回樂縣。在今寧夏自治區境內。
③ 受降城：最早為漢武帝時所築。唐神龍三年，在黃河以北又築東、中、西三受降城。
④ 蘆管：樂器。古代西域各國通用。
⑤ 征人：遠離家鄉在外打仗的士兵。

角

唐（太和）李　涉

江城吹角①水茫茫，曲引②邊聲怨思③長。驚起暮天沙上鴈，海門④斜去兩三行。

《後村千家詩》卷十八

以下供父母老師讀

異文

潤州聽暮角（《全唐詩》卷四七七）

注釋

① 角：古樂器。多用於軍隊。
② 曲引：樂曲。
③ 怨思：哀恨，悲傷。
④ 海門：江河的入海口，或逕作地名。

鶯①

宋（淳熙）劉克莊

擲柳②遷喬③大有情，交交④時作弄機聲。洛陽三月花如錦，多少工夫織得成。

《後村千家詩》卷十九、《千家詩》

以下供父母老師讀

異文

鶯梭

擲柳遷喬太有情。（以上《千家詩》）

注釋

① 鶯：鳥名。羽毛有文彩。

② 擲柳：擲，音 zhì；粵音 zaak⁶，音同「宅」。擲柳，指鶯穿插柳林時輕盈快捷的樣子。

③ 遷喬：語出《詩經・小雅・伐木》：「出自幽谷，遷于喬木。」此處指高攀之意。

④ 交交：指鶯的叫聲。

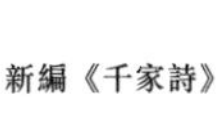

漁父

唐（中和）陸龜蒙

雨後沙虛古岸崩，魚梁①移入亂雲層。歸時月墮②汀洲暗，認得妻兒③結網燈④。

《後村千家詩》卷二十二

以下供父母老師讀

異文

和襲美釣侶（《全唐詩》卷六二八）

注釋

① 魚梁：一種捕魚的設置。用土石橫截水流，留缺口，以竹編的籠子承之，魚隨水流入籠子中，不得復出。

② 墮：音 duò；粵音 do⁶，音同「惰」。落。

③ 妻兒：妻子和兒女。

④ 結網燈：修補漁網時的照明。白日捕魚，入夜以燈照明結網，可襯辛勞。

梅花

宋（嘉定）葛長庚

南枝①纔放兩三花，雪裏吟香弄粉②些。淡淡著煙濃著月③，深深籠水淺籠沙。

《後村千家詩》卷七、《千家詩》

以下供父母老師讀

異文

早春（《千家詩》）

奉酬臞菴李侍郎

雪裏吹香弄粉些。（以上《海瓊玉蟾先生文集》卷五）

注釋

① 南枝：這裏指梅花。

② 粉：這裏指白色梅花。

③ 著月：著，音 zhuó；粵音 zoek6，音同「嚼」。附着。月，應解作「月光」。至於「深深」句，幾不可解。強解詩意，乃大禁忌，何況道士之詩，本玄之又玄。文字之美，字音之巧，倒是可見的。作為藝術，都會分作「受眾」和「自身」兩部份，能融合得好，正是藝術的難題。

初夏睡起

宋（宣和）　楊萬里

梅子留酸濺齒牙，芭蕉①分綠②上窗紗。日長睡起無情思，閑看兒童捉柳花③。

《千家詩》、《後村千家詩》卷二

以下供父母老師讀

異文

初夏
芭蕉分綠映窗紗。
日高睡起無情思。（以上《後村千家詩》卷二）
閑居初夏午睡起
梅子留酸軟齒牙，芭蕉分綠與窗紗。（以上《誠齋集》卷三）

注釋

① 芭蕉：多年生草本植物，葉子很大，花白色，果實與香蕉相似。
② 分綠：芭蕉映照，使窗紗也帶上綠色。
③ 柳花：柳絮。

打毬①

宋（嘉祐）晁說之

閶闔②千門萬户開，三郎③沈醉打毬回。九齡已老韓休④死，無復明朝諫疏⑤來。

《後村千家詩》卷十八、《千家詩》

以下供父母老師讀

異文

明皇打毬圖

宮殿千門白晝開。

明日應無諫疏來。（以上《宋詩紀事補正》卷二十八）

題明王打毬圖

九齡已去韓休死。（以上《嵩山文集》卷六）

注釋

① 毬：中國古代的一種實心軟球。打毬盛行於唐代，參與者騎馬，以杖擊毬。

② 閶闔：音 chāng hé；粵音 $coeng^1 hap^6$，音同「窗合」。宮殿門。

③ 三郎：指唐玄宗李隆基，他是唐睿宗第三子，故稱「三郎」。

④ 九齡 韓休：九齡指張九齡，與韓休均為唐玄宗時期宰相。

⑤ 諫疏：音 jiàn shù；粵音 $gaan^3 so^1$，音同「間蔬」。大臣對帝王直言規勸的奏疏。

神仙

唐（咸通）呂巖

朝遊北海暮蒼梧①，袖裏青蛇②膽氣麤③。三入岳陽④人不識，朗吟飛過洞庭湖。

《後村千家詩》卷二十一

以下供父母老師讀

異文

題岳州古寺
袖有青蛇膽氣麤。
三醉岳陽人不識。（以上《蒙齋筆談》）
絕句
朝遊北越暮蒼梧。（以上《全唐詩》卷八五八）

注釋

①蒼梧：縣名，在今廣西省。
②青蛇：寶劍名。
③麤：音 cū；粵音 cou¹。通粗。
④岳陽：地名，今湖南省岳陽市。

終南山①

唐（聖曆）王維

太乙②近天都③，連山到海隅④。白雲迴望合，青靄⑤入看無。分野中峰變，陰晴眾壑⑥殊。欲投人處宿，隔水問樵夫。

《千家詩》

以下供父母老師讀

異文

連山接海隅。（《全唐詩》卷一二六）

注釋

① 終南山：山名，又名太乙山、中南山、周南山等，是秦嶺山脈的一段，在陝西省境內。
② 太乙：這裏指終南山。
③ 天都：帝王的都城。這裏指長安。
④ 隅：音 yú；粵音 jyu4，音同「如」。角落。
⑤ 靄：音 ǎi；粵音 oi2，音同「曖」。雲霧氣。
⑥ 壑：音 hè，舊讀 huò；粵音 kok3，音同「確」。山谷。

秋登宣城①謝朓北樓②

唐（長安）李　白

江城如畫裏，山曉望晴空。兩水夾明鏡，雙橋落彩虹。人煙寒橘柚③，秋色老梧桐。誰念北樓上，臨風懷謝公④。

《千家詩》

以下供父母老師讀

注釋

① 宣城：在安徽省東南部，與江蘇、浙江兩省接壤。

② 謝朓北樓：朓，音 tiǎo；粵音 tiu³，音同「跳」。謝朓是南朝齊國人，曾任宣城太守。在宣城建成一座樓，名「高齋」。後來唐人在「高齋」舊址上新建一樓，名「北樓」，又名「北望樓」。

③ 橘柚：橘樹與柚樹，均為果木。柚，音 yòu；粵音 jau⁴，音同「由」。

④ 謝公：指謝朓。

長干①行

唐（開元）崔顥

君家住何處，妾②住在橫塘③。停船暫相問，或恐是同鄉。

《千家詩》

以下供父母老師讀

異文

君家定何處。
停舟暫借問。（以上《全唐詩》卷二六）
君家何處住。（《全唐詩》卷一三〇）

注釋

① 長干：地名，在今江蘇省南京市江寧區。
② 妾：古代女子自稱，以示謙遜。
③ 橫塘：地名，一在今江蘇省南京市江寧區，一在今江蘇省蘇州市吳縣。

詠史

唐（開元）高適

尚有綈①袍贈，應憐范叔②寒。不知天下士，猶作布衣③看。

《千家詩》

【法書選觀】唐　柳公權

不知天下士　柳公權

以下供父母老師讀

注釋

① 綈：音 tí；粵音 tai⁴，音同「題」。古代一種粗厚光滑的絲織品。
② 范叔：即范睢。戰國時魏人，後投秦，説以遠交近攻之策。初貧甚。
③ 布衣：布製服裝，古代為庶人之服，代稱平民。古代詩人，説是「詠史」，實乃哀今生之艱辛及愚昧。不凡之綈袍猶視作布衣，所嘆謂何？

逢俠者

唐（天寶）錢起

燕趙①悲歌士，相逢劇孟②家。寸心言不盡，前路日將斜。

《千家詩》

【法書選觀】唐　馮承素③

寸心言不盡

以下供父母老師讀

注釋

① 燕趙：古代地域稱謂。主要指現在的北京、天津及河北地區。

② 劇孟：漢代洛陽人，有名的豪俠，名顯於諸侯，為人所稱道。

③ 馮承素：臨王羲之《蘭亭序》。

歸雁

唐（天寶）錢　起

瀟湘①何事等閒回，水碧沙明兩岸苔②。二十五絃③彈夜月，不勝清怨卻飛來。

《千家詩》

以下供父母老師讀

注釋

① 瀟湘：音 xiāo xiāng；粵音 siu^{1} soeng^{1}，音同「消雙」。湖南的瀟水和湘水，泛指湖南地區。

② 苔：青苔，植物名。

③ 二十五絃：由二十五根絃組成的一種古琴。對此古今注家說法多多，完全不必拘泥。《莊子．徐無鬼》：「夫或改調一弦，於五音無當也。鼓之，二十五弦皆動，未始異於聲，而音之君也。」《史記．封禪書》：「大帝使素女鼓五十絃瑟，悲，帝禁不止。故破其瑟為二十五絃。於是塞南越，禱祠太一后土，始用樂舞，益召歌兒，作二十五絃及空侯琴瑟自此起。」白居易《五絃彈》：「更從趙璧藝成來，二十五絃不如五。」絃數不重要，惟不能膠柱鼓瑟，而關鍵在樂曲情色。不論絃數而又不勝清怨，當稱《琵琶行》寫得最好，「座中泣下誰最多，江州司馬青衫濕」。恰未曾計絃，曲寫容易，直寫難。

城東早春

唐（貞元）楊巨源

詩家清景在新春，綠柳纔黃半未勻。若待上林花似錦，出門俱是看花人。

《千家詩》

【法書選觀】元　趙孟頫

若待上林花似錦

趙孟頫書

以下供父母老師讀

異文

詩家新景在新春。（《全唐詩》卷三三三）

春夜

宋（天禧）王安石

金爐①香燼漏聲②殘，翦翦③輕風陣陣寒。春色惱人眠不得，月移④花影上欄杆。

《千家詩》

以下供父母老師讀

注釋

① 金爐：指香爐，源於漢代。是一種焚香器，用以陳設、熏衣等。
② 漏聲：銅壺滴漏之聲，銅壺滴漏是古代計時的一種方法。
③ 翦翦：形容風拂到臉上。
④ 月移：詩說月移，實為月照的光影移動。本詩描寫堪稱宏富，正如錢鍾書先生所說，王詩用字起到了「掩飾」詩情的「貧乏」，或者說作者是「把借債代替生產」「跟讀者捉迷藏」「替箋注家拉買賣」。四個說法，均貼切。《艇齋詩話》似不經意說：「荊公詩每篇必用連綿字。」（引文均見《宋詩紀事補正》卷十五）。考之本詩亦有「翦翦」、「陣陣」二詞，可謂言之正中。但我們也應肯定荊公的好詩用字精切，出典深穩。

清平調詞

唐（長安）李白

雲想衣裳花想容①，春風拂檻露華濃。若非群玉山②頭見，會向瑤臺③月下逢。

《千家詩》

以下供父母老師讀

異文

清平調（《全唐詩》卷二七　《全唐詩》卷八九〇）

注釋

① 雲想句：一片雲、一座山、一輪月、一瑤臺、一件衣、一朵花、一個姣好容貌，經作者用兩個「想」字，勾起一串美麗心動，這就是詩，這就是大詩人李太白。全句平滑無奇，誰個看過，能夠忘懷。天下絕句，會伴在我們一生一世間。

② 玉山：即《山海經．西山經》所記之玉山。傳說西王母所居之處，周穆王曾登臨此山朝見西王母。

③ 瑤臺：美玉砌成之臺。傳說中神仙居住的地方。

海棠①

宋（景祐）蘇軾

東風嫋嫋泛崇光②，香霧空濛③月轉廊④。只恐夜深花睡去，故燒高燭照紅粧⑤。

《千家詩》

以下供父母老師讀

注釋

① 海棠：花開春季，繁茂異常。其花果粒紅小，數量極多，故多用以妝點庭院。東坡作詩為文善構環境，堪稱中華文化之頂尖大師。他有一篇不太為人注重的短文，全文僅九十四字：「元豐六年十月十二日夜，解衣欲睡，月色入戶，欣然起行。念無與為樂者，遂至承天寺尋張懷民，懷民亦未寢，相與步于中庭。庭下如積水空明，水中藻荇交橫，蓋竹柏影也。何夜無月，何處無竹柏。但少閑人如吾兩人者耳。黃州團練副使蘇某書。」寫夜、寫月色、寫庭院光影正與本詩同，感人肺腑之絕妙大手筆也。

② 嫋嫋句：嫋嫋，音 niǎo niǎo；粵音 niu[5] niu[5]，音同「鳥鳥」。搖盪不定。崇光，高潔的光芒。

③ 空濛：混蒙迷茫之狀，多形容煙氣、雨霧。

④ 廊：古代庭院中的迴廊。

⑤ 紅粧：指婦女的盛裝，以色尚紅故稱。

客中行

唐（長安）李　白

蘭陵①美酒鬱金香②，玉碗盛③來琥珀④光。但使主人能醉客，不知何處是他鄉⑤。

《千家詩》

以下供父母老師讀

注釋

① 蘭陵：地名，今山東省蒼山縣蘭陵鎮。此地盛產美酒。

② 鬱金香：鬱，音 yù；粵音 wat1，音同「屈」。花名。最早記載於《水經注》卷三十六：「或説今鬱金香是也。一曰鬱人所貢，因代郡矣。」北朝時的《荊楚歲時記》云：「鬱金香為赤色水」「以灌佛頂」。下來的記載便是李白的這首詩，後白居易、杜牧、沈佺期、盧照鄰、王績等人，甚至寫小説的張鷟都提到這種香料。在《舊唐書》和《新唐書》中也有記載，唐太宗貞觀十五年，天竺摩伽陀王遣使曾進獻鬱金香。在諸多佛經中和李時珍的《本草綱目》卷三、四、十四還有鬱金香多樣形態的記載。現今荷蘭國花以此稱，與此無關。

③ 盛：音 chéng，平聲庚韻；粵音 sing4，音同「成」。

④ 琥珀：音 hǔ pò；粵音 fu2 paak3，音同「虎拍」。松柏樹脂形成的化石，呈黃褐色或紅褐色。在此形容美酒的色澤。

⑤ 他鄉：除自己故鄉以外的定居地。

玄都觀①桃花

唐（大曆）劉禹錫

紫陌②紅塵拂面來，無人不道看花回。玄都觀裏桃千樹③，盡是劉郎④去後栽。

《千家詩》

以下供父母老師讀

異文

元和十一年自朗州召至京戲贈看花諸君子（《全唐詩》卷三六五）

注釋

① 玄都觀：道觀名，在古代長安。
② 紫陌：指帝都郊野的道路。
③ 千樹：千棵。
④ 劉郎：指作者本人。詩人寫詩，但自呼者，未多見也。藝術品中，音樂無法自屬名姓。繪畫一出，便成了自畫像，另為一體。唯詩文作品中，自由自在，無人干涉。但又有幾人能如劉郎，嘻笑桃花開，以至下首的花淨觀菜花，好不熱鬧個老劉郎。

再遊玄都觀

唐（大曆）劉禹錫

百畝①庭中半是苔，桃花淨盡菜花開。種桃道士歸何處，前度劉郎②今又來。

《千家詩》

【法書選觀】元　趙孟頫

前度劉郎今又來
趙孟頫書

以下供父母老師讀

注釋

① 畝：土地面積單位。
② 劉郎：因前詩樂極生悲，遭貶播州。十年後唱此詩，又被降級。有詩何懼打。

送春

宋（明道）王令

三月殘花落更開，小簷①日日燕飛來。子規②夜半猶啼血③，不信④東風喚不回。

《千家詩》

以下供父母老師讀

注釋

①簷：同檐，屋檐。
②子規：鳥名，即杜鵑。
③啼血：傳說古蜀王杜宇，號望帝。死後化作杜鵑，徹夜啼鳴，直至口中出血。
④不信：明明是作者認定完全應該的事，在詩中偏要寫上「不信」，這是詩歌反寫的通用技巧。王令，王逢原是一位「把地球當皮球踢」的詩人，（見錢鍾書的《宋詩紀事補正》卷二十四），但此次詩人寫的是「送春」，因為再過一年，春天是一定會回來的。合乎邏輯，是文學。不合邏輯，也是文學。俯地仰天，都是詩。就看你「送」不「送」，能不能讓人「信」還是「不信」罷了。

有約

宋（紹熙）趙師秀

黃梅時節①家家雨，青草池塘處處蛙。有約不來過夜半，閒敲棋子落燈花②。

《千家詩》

以下供父母老師讀

異文

絕句

約客不來過夜半。（以上《宋詩紀事補正》卷八五）

注釋

① 黃梅時節：中國南方，每年農曆四五月間，梅子黃了熟了。這段時間，通常會陰雨綿綿。稱為「黃梅時節」，也稱「梅雨季節」。

② 落燈花：古代以油燈或蠟燭照明，燈心燒殘落下，好像一朵閃亮的小花。統觀全詩一個「落」字，令詩生意昂然。《柳溪詩話》曾對此詩評云：「意雖腐而語新。」他的不滿有道理。古詩評家語，當推為言簡意賅，一針見血。雖然他們有時眼高手低，寫不出千古絕句，但卻能夠推動詩歌藝術發展，啟迪讀者心智，詩也少不掉他們。

村居即事

宋（靖康） 范成大

綠遍山原白滿川，子規聲裏雨如煙。鄉村四月閒人少，纔了①蠶桑②又插田③。

《千家詩》

以下供父母老師讀

異文

翁卷：鄉村四月（《葦碧軒詩集》）

注釋

① 了：音 liǎo；粵音 liu⁵，音同「瞭」。結束。

② 蠶桑：蠶，音 cán；粵音 caam⁴，音同「慚」。指採桑養蠶。

③ 插田：插秧。本詩從插田的時間看，「四月」還算得上可信。由此而證翁續古（翁卷）是本詩《鄉村四月》的原作者，説得通。不料范成大的名牌大，年齒也高許多，翁先生無形之中已落下風。如果不知是某先生干預過此詩的著作權，也便算是罷了。一旦相反，人知有名人經手，通過較勁折騰，大可抬高自家名氣，於是不管你説歸於范氏，或翁氏，他均可扯起嗓門反對，理由自然一大堆，是非一大團，他不需操刀寫字，自有門下晚輩服其勞。於是學界大亂，乘亂即可獲利。因此本詩不如乾脆不提翁氏，讓他們開始就找不着北，也算落得乾淨利落。但那樣，又會對不起讀者，故異文應盡量出示。

山村

宋（宣和）陸　游①

莫笑農家勝酒尊，豐年留客足雞豚②。山重水複疑無路，柳暗花明又一村。

《後村千家詩》卷十四

以下供父母老師讀

異文

遊山西村

莫笑農家臘③酒渾。（以上《劍南詩稿校注》卷一）

注釋

① 陸游：《後村千家詩》卷十四引此詩，屬名空缺。今查陸游《劍南詩稿校注》卷一收有此詩，異文已錄前。而該詩錄作七律，後兩聯為「簫鼓追隨春社近，衣冠簡樸古風存。從今若許閑乘月，拄杖無時夜叩門。」春社：祭日，祭祀土地，以祈豐收。若許：如此，這樣。

② 豚：小豬。

③ 臘：歲末，快過年的時候。

與史郎中欽聽黃鶴樓上吹笛

唐（長安）李　白

一為①遷客②去長沙，西望長安不見家。黃鶴樓③中吹玉笛，江城④五月落梅花。

《千家詩》

以下供父母老師讀

注釋

① 一為：實際就是「為」一個字。古典詩歌中的數字，有時只是填充物，增加吟誦的美感，無實在意義，是認不得真的，更不能指「鹿詩」為「馬史」。
② 遷客：貶謫在外者。
③ 黃鶴樓：號稱天下江山第一樓，在今湖北武漢市蛇山的黃鵠磯，臨長江。
④ 江城：在此指武漢。

江樓有感

唐（會昌）趙　嘏

獨上江樓思悄①然，月光如水②水如天。同來玩月③人何在，風景依稀④似去年。

《千家詩》

以下供父母老師讀

異文

江樓舊感

獨上江樓思渺然。

同來玩月人何處。（以上《全唐詩》卷五五〇）

注釋

① 悄：音 qiǎo；粵音 ciu²。憂愁。

② 月光如水：此詞組為作者趙嘏在本詩中首創使用。其後宋代名人梅堯臣有「月光如水來向人」；楊萬里有「月光如水澡吾體」和「月光如水不沾衣」，都是借用。《紅樓夢》五十一回，晴雯被冷風吹病，恰恰也在「月光如水」的夜晚。真乃一詞之妙，天下千年認同。

③ 玩月：李白、杜甫、李商隱、白居易等上百位詩人，均有「玩月」詩。

④ 依稀：南朝謝靈運有「依稀採菱歌」；江淹有「依稀不常」；庾信有「依稀暎村塢」。

直中書省

唐（大曆）白居易

絲綸閣①下文章靜，鐘鼓樓②中刻漏③長。獨坐黃昏誰是伴，紫薇花對紫薇郎④。

《千家詩》

以下供父母老師讀

異文

紫薇花

絲綸閣下文書靜。（以上《全唐詩》卷四四二）

注釋

① 絲綸閣：《禮記．緇衣》有「王言如絲，其出如綸」。後指帝王的詔書為絲綸。這裏用以比喻朝堂。
② 鐘鼓樓：鐘樓和鼓樓的合稱，古代報時之所。
③ 刻漏：古代計時器。
④ 紫薇郎：唐中書郎別稱。

觀書有感

宋（建炎）朱熹

半畝方塘一鑑①開，天光雲影共徘徊②。問渠③那得清如許，為有源頭活水來。

《千家詩》

【法書選觀】明 崔光弼④

為有源頭活水來

永樂大典

以下供父母老師讀

注釋

① 鑑：音 jiàn，粵音 $gaam^3$，音同「檻」。鏡。
② 徘徊：音 pái huái，粵音 pui^4 wui^4，音同「陪回」。往返迴旋。
③ 渠：他。
④ 崔光弼：引自明嘉靖鈔本《永樂大典》卷一一一四一，該卷末附有重錄工作人員名單。

冷泉亭

宋（寶慶）林　洪

一泓①清可沁②詩脾，冷暖年來③只自知。流出西湖載歌舞，回頭不似④在山時。

《千家詩》

以下供父母老師讀

異文

冷泉

回頭不是在山時。（以上《西湖志纂》卷八）

注釋

①泓：音 hóng；粵音 wang[4]，音同「宏」。潭，也泛指湖、塘。

②沁：音 qìn；粵音 sam[3]，音同「滲」。滲透。

③年來：時光流轉。

④不似：異文「不是」頗令人回味。林洪曾冒充和靖先生七世孫，終因祖爺未娶，冒頂露餡，只落得「瓜皮搭李樹」惡名。詩作倒是清新有趣，桃李無言，下自成蹊。史上多有名人之後，或名人之下，本自有所長，偏要借名張大，反落得身敗名裂。

答丁元珍①

宋（景德）歐陽脩

春風疑不到天涯，二月山城未見花。殘雪壓枝猶有橘，凍雷②驚筍欲抽芽。夜聞啼雁生鄉思，病入新年感物華。曾是洛陽花下客，野芳雖晚不須嗟③。

《千家詩》、《明解增和千家詩注》

以下供父母老師讀

異文

戲答元珍

夜聞歸鴈生鄉思。（以上《歐陽文忠公集》卷十一）

注釋

① 丁元珍：名寶臣，字元珍，兄丁宗臣。年齒稍少歐陽公，與歐陽公相友善，二丁有文聲，是歐公詩歌散文化的參與支持者。歐陽脩被貶到峽州夷陵縣時，丁元珍為峽州判官。

② 凍雷：初春的雷。初春時天氣仍寒冷凍人。

③ 嗟：音 juē；粵音 ze¹，音同「遮」。嘆詞，感嘆。

寓意

宋（淳化）晏殊

油壁香車①不再逢，峽雲無跡任西東。梨花院落溶溶月②，柳絮池塘淡淡風。幾日寂寥③傷酒後，一番蕭索④禁煙中。魚書⑤欲寄何由達，水遠山長處處同。

《千家詩》、《明解增和千家詩注》

以下供父母老師讀

注釋

① 香車：古代用香料裝潢的交通工具。泛指華美的車或轎。

② 溶溶：形容寬廣盛大。此句被人稱為「千古名句」，描繪富貴氣象到位。正如他自己所說：「窮兒家有這景致也無？」晏公另一名句是「無可奈何花落去，似曾相識燕歸來。」一說後句為王琪所對。晏公一生有詩萬首（見宋子京《筆記》），可與陸游、王仁裕相比，無奈晏王二人存詩不多。近錢鍾書在《宋詩紀事補正》卷七，從《永樂大典》、《事文類聚》、《錦繡萬花谷》等大難而繁的類書中，一舉輯得晏詩五十餘首、句，令人耳目一新。再聯繫該書包括四千餘位作者，增補當以千計，讓我們深入領略宋代詩人的風采。

③ 寂寥：音 jì liáo；粵音 liu⁴，音同「療」。空虛寂寞。

④ 蕭索：景物淒涼。也指抑鬱的心情。

⑤ 魚書：在此指書信。

清明

宋（乾道）高翥

南北山頭多墓田，清明祭掃各紛然。紙灰飛作白蝴蝶，淚血染成紅杜鵑。日落狐狸眠塚①上，夜歸兒女笑燈前。人生有酒須當醉，一滴何曾到九泉②。

《後村千家詩》卷三、《千家詩》、《明解增和千家詩注》

以下供父母老師讀

異文

清明日對酒（《千家詩》）

清明日

夜深兒女笑燈前。（以上《明解增和千家詩注》）

紙灰飛作白胡蝶。（《中興群公吟稿》戊集卷四）

注釋

① 塚：音 zhǒng；粵音 cung²，音同「寵」。同冢，高大的墳墓。

② 九泉：地下深處，泛指陰間。作者是宋代江湖派的著名詩人，他的詩作很有激情，所以讓後世先進理想者感動。像譚嗣同幼年曾深愛此詩，並且在他的《城南思舊銘並序》中說，「觸其機括，哽噎不復成誦。」（見《譚嗣同全集》卷四）。

曲江對酒

唐（先天）杜　甫

朝回日日典春衣，每日江頭盡醉歸。酒債尋常行處有，人生七十古來稀①。

穿花蛺蝶深深見，點水蜻蜓款款②飛。傳與風光共流轉，暫時相賞莫相違。

《千家詩》、《明解增和千家詩注》

以下供父母老師讀

異文

曲江

傳語風光共流轉。（以上《全唐詩》卷二二五　《明解增和千家詩注》）

穿花蝴蝶深深見。（《明解增和千家詩注》）

注釋

① 稀：音 xī，粵音 hei¹，音同「希」。很少。

② 款款：緩緩的，慢慢的。

旅懷

唐（光啟）崔塗

水流花謝兩無情，送盡東風過楚城。蝴蝶夢中家萬里，杜鵑枝上月三更。故園書動①經年②絕，華髮春催兩鬢生。自是不歸歸便得，五湖煙景有誰爭。

《千家詩》、《明解增和千家詩注》

以下供父母老師讀

異文

春夕

胡蝶夢中家萬里，子規枝上月三更。

華髮春唯滿鏡生。（以上《全唐詩》卷六七九）

華髮春惟滿鏡生。（《明解增和千家詩注》）

注釋

① 書動：搬動圖書。古代人珍惜圖書，根據季節和天氣，需要晾曬、過風。

② 經年：經過一年。

偶成

宋（明道）程顥

閒來無事不從容，睡覺①東窗日已紅。萬物靜觀皆自得，四時佳興與人同。道通天地有形外，思入風雲變態中。富貴不淫②貧賤樂，男兒到此是豪雄。

《千家詩》、《明解增和千家詩注》

以下供父母老師讀

異文

秋日偶成（《明解增和千家詩注》）
作者：程頤
思入雲煙變態中。（以上《事文類聚前集》卷十（《秋門》））

注釋

① 覺：音 jué，入聲覺韻；粵音 gok³，音同「各」。醒。
② 富貴不淫：《孟子．滕文公下》：「富貴不能淫，貧賤不能移，威武不能屈，此之謂大丈夫。」淫，心亂。

黃鶴樓

唐（開元）崔顥

昔人已乘黃鶴去，此地空餘黃鶴樓。黃鶴一去不復返，白雲千載空悠悠。晴川歷歷①漢陽②樹，芳草萋萋③鸚鵡洲④。日暮鄉關何處是，煙波江上使人愁。

《千家詩》

以下供父母老師讀

異文

昔人已乘白雲去。（《全唐詩》卷一三〇）

注釋

① 歷歷：清晰分明。
② 漢陽：地名，在今湖北省武漢市。
③ 萋萋：草木茂盛的樣子。
④ 鸚鵡洲：洲名。在今湖北省武漢市西南江中。東漢末，黃祖為江夏太守，其長子黃射，大會賓客，有人獻鸚鵡，禰衡作賦，洲因以為名。

時世行贈田婦

唐（會昌）杜荀鶴

夫因兵亂守蓬茅①，麻苧②裙衫鬢髮焦。桑柘③廢來猶納稅，田園荒盡尚徵苗。時挑野菜和根煮，旋斫生柴帶葉燒。任是深山最深處，也應無計避征徭。

《千家詩》、《明解增和千家詩注》

以下供父母老師讀

異文

時世行（《明解增和千家詩注》）

山中寡婦

夫因兵死守蓬茅，麻苧衣衫鬢髮焦。

田園荒後尚徵苗。（以上《全唐詩》卷六九二）

注釋

① 蓬茅：這裏指用蓬蒿與茅草搭建的房子。

② 麻苧：指黃麻與苧麻。

③ 桑柘：桑樹和柘樹，葉可餵蠶。代指紡織。

長安秋望

唐（會昌）趙嘏

雲物淒涼拂曙流，漢家宮闕動高秋。殘星幾點雁橫塞，長笛一聲人倚樓。紫艷半開籬菊①靜，紅衣落盡渚②蓮愁。鱸魚③正美不歸去，空戴南冠④學楚囚。

《千家詩》、《明解增和千家詩注》

以下供父母老師讀

注釋

① 籬菊：籬下菊花。晉代陶潛《飲酒詩》有「採菊東籬下，悠然見南山。」

② 渚：音 zhǔ；粵音 zyu²，音同「主」。水中小塊陸地。

③ 鱸魚：鱸，音 lú；粵音 lou⁴，音同「勞」。此魚肉嫩味鮮，以松江鱸魚最為有名。常見於古代詩文中。

④ 南冠：因楚國在南方，因此稱楚冠為南冠。本指被鄭國俘虜的楚國囚犯鍾儀，後泛稱囚犯或戰俘。

秋思

宋（宣和）陸　游

利欲驅人萬火牛，江湖浪迹一沙鷗。日長似歲閑方覺，事大如山醉亦休。砧杵①敲殘深巷月，井桐搖落故園秋。欲舒老眼無高處，安得元龍②百尺樓。

《千家詩》、《明解增和千家詩注》

以下供父母老師讀

異文

衣杵相望深巷月。（《劍南詩稿校注》卷四十七）

砧杵相望深巷月。（《明解增和千家詩注》）

注釋

① 砧杵：音 zhēn chǔ；粵音 zam1 cyu2，音同「針處」。洗衣服用的石頭和棒槌。

② 元龍：指漢末人陳登。陳登，字元龍。《後漢書》卷五十六記載，許汜與劉備、劉表共坐。許汜說，當年去見陳登，陳登無主客之禮，自己睡在大床上，讓客人睡在下床。劉備說，你有國士之名，不憂國救世，卻計較田舍間事。我若是陳登，就睡在百尺高樓之上，讓你睡於地下。劉表大笑。

梅花

宋（開寶）林逋

眾芳搖落獨暄妍①，占盡風情向小園。疏影②橫斜水清淺，暗香浮動月黃昏。霜禽欲下先偷眼，粉蝶如知合斷魂。幸有微吟可相狎，不須檀板③共金樽④。

《千家詩》、《明解增和千家詩注》

以下供父母老師讀

異文

山園小梅

不須檀板共金尊。（以上《和靖詩集》）

注釋

① 妍：音 yán；粵音 jin⁴，音同「然」。指鮮花或女子貌美。

② 疏影：物影稀疏。錢鍾書先生說，作者「用一種細碎小巧的筆法來寫清苦而又幽靜的隱居生活。」按，《西遊記》第十回引此詩尾聯。

③ 檀板：檀木拍板。

④ 樽：音 zūn；粵音 zeon¹，音同「津」。盛酒器。

自詠

唐（大曆）韓　愈

一封朝奏九重天，夕貶潮陽①路八千。本為聖朝除弊政，敢將衰朽惜殘年。
雲橫秦嶺②家何在，雪擁藍關③馬不前。知汝遠來應有意，好收吾骨瘴江④邊。

《千家詩》、《明解增和千家詩注》

以下供父母老師讀

異文

左遷至藍關示姪孫湘⑤

夕貶潮州路八千。

欲為聖朝除弊事，肯將衰朽惜殘年。（以上《全唐詩》卷三四四）

注釋

① 潮陽：地名，在今廣東省汕頭市。

② 秦嶺：山脈名。橫貫中國中部東西走向的山脈。

③ 藍關：藍田關。

④ 瘴江：指有瘴氣的江河。

⑤ 湘：指韓湘，韓愈姪子韓老成之子。是八仙人物中韓湘子的原型。

清明

宋（慶曆）黃庭堅

佳節清明桃李笑①，野田荒塚只生愁。雷驚天地龍蛇蟄②，雨足郊原草木柔。人乞祭餘驕妾婦③，士甘焚死不公侯④。賢愚千載知誰是，滿眼蓬蒿⑤共一丘。

《千家詩》、《明解增和千家詩注》

以下供父母老師讀

注釋

① 桃李笑：指桃樹、李樹花盛開。

② 蟄：音 zhé；粵音 zat⁶，音同「疾」。藏，潛伏。

③ 人乞句：《孟子．婁離下》記載，有個齊國人，每天都帶酒菜回家，並向妻妾炫耀是富貴人家的朋友所贈。後其妻跟隨查看，發現他是偷拿別人墳前祭祀的供品。

④ 士甘句：指春秋時介子推。介子推是晉文公重耳的臣子。晉文公早年逃亡，介子推忠心跟隨十九年。晉文公成為國君後，要大加封賞他。可介子推已和老母隱居於綿山。晉文公為了逼他出來，放火燒山。介子推與老母抱住大樹不肯出，終被燒死。

⑤ 蓬蒿：蒿，音 hāo；粵音 hou¹。指野草。

輞川積雨

唐（聖曆）王維

積雨空林煙火遲，蒸藜炊黍①餉東菑②。漠漠水田飛白鷺，陰陰夏木囀黃鸝。山中習靜觀朝槿③，松下清齋折露葵④。野老⑤與人爭席罷，海鷗何事更相疑⑥。

《千家詩》、《明解增和千家詩注》

以下供父母老師讀

異文

積雨輞川莊作（《全唐詩》卷一二八）

注釋

① 蒸藜炊黍：藜，藜草，嫩葉可食。亦泛指野菜。黍，音shǔ；粵音syu^{2}，音同「鼠」。一種穀物，可作食物，也可釀酒。

② 菑：音zī；粵音zi^{1}，音同「之」。初耕的田地。

③ 朝槿：指木槿。早晨開花，晚上凋謝，比喻短暫。

④ 露葵：指冬葵。是中國古代蔬菜之一。

⑤ 野老：田野老人，指作者本人。「爭席」概指「讓座」。

⑥ 海鷗句：《列子．黃帝》記載，海上有喜愛海鷗者，每天早晨都在海邊與海鷗游水嬉戲。其父聞之，讓他捕一隻來玩。第二天當他再到海邊，海鷗只在空中盤旋，不再飛下來。

秋興

唐（先天）杜甫

蓬萊①宮闕對南山，承露金莖霄漢②間。西望瑤池③降王母④，東來紫氣滿函關⑤。雲移雉尾開宮扇，日繞龍鱗識聖顏。一臥滄江驚歲晚，幾回青瑣⑥點朝班。

《千家詩》

以下供父母老師讀

異文

幾迴青瑣照朝班。（《全唐詩》卷二三〇）

注釋

① 蓬萊：今屬山東省煙臺市。在傳説中是渤海裏神仙所居的仙山之一。
② 霄漢：指天空的高處。
③ 瑤池：傳説中神仙所居之地。《穆天子傳》：「乙丑天子觴西王母於瑤池之上。」
④ 王母：即西王母，神話中的女神。
⑤ 函關：指函谷關。中國古代戰國時期秦國所置戰略要地，在今河南省靈寶市境內。
⑥ 青瑣：宮門上鏤刻的青色圖紋。

寄左省①杜拾遺②

唐（開元）岑參

聯步趨丹陛③，分曹④限紫微⑤。曉隨天仗⑥入，暮惹御香歸。白髮悲花落，青雲羨鳥飛。聖朝無闕事，自覺諫書稀⑦。

《千家詩》

以下供父母老師讀

注釋

① 左省：指門下省，是唐代中央政府的一個機構。
② 杜拾遺：指杜甫，杜甫曾官拜左拾遺。
③ 丹陛：陛，音 bì；粵音 bai[6]，音同「幣」。宮殿的臺階，因漆紅色，故稱丹陛。
④ 曹：官署。
⑤ 紫微：指紫微星，在中國古代是代表帝王的星相。
⑥ 天仗：皇帝的儀仗。
⑦ 無闕事、諫書稀：闕，音 què；粵音 kyut[3]，音同「決」。二詞表示朝庭事少，與現代官員「無事忙」恰恰相反，無事有閑之官方為上品。

臨洞庭上張丞相①

唐（載初）孟浩然

八月湖水平，涵②虛混太清③。氣蒸雲夢澤④，波撼岳陽城。欲濟⑤無舟楫，端居⑥恥聖明。坐觀垂釣者，徒有羨魚情。

《千家詩》

以下供父母老師讀

異文

望洞庭湖贈張丞相

空有羨魚情。（以上《全唐詩》卷一六〇）

注釋

① 張丞相：指當時的宰相張九齡。

② 涵：音 hán；粵音 haam4，音同「咸」。包容，包含。

③ 太清：在此指天空。

④ 雲夢澤：澤名，湖北省江漢平原上的古代湖泊群的總稱，隨着地貌蛻變，今天已經消失了。

⑤ 濟：音 jì；粵音 zai3，音同「制」。渡過。

⑥ 端居：閑居，引申為無所作為。

柳噪竹

宋（開寶）楊億

好在碧壇灣，叢底度歲寒。何堪①裁鳳律②，只好製魚竿。拂水，含風劍葉攢③。芳陰聊奉庇④，君試仰天看。

《後村千家詩》卷十一

以下供父母老師讀

異文

宋庠：柳嘲竹

好在碧檀欒。

拂水煙梢潤，含風鈿葉攢。（以上《元憲集》卷六）

注釋

① 何堪：怎麼能。此聯詩在《錦繡萬花谷前集》卷七《竹門》引作稍晚的余靖、余安道詩。他的集子《武溪集》和楊億的《武夷集》僅一字之差。按照法學的原則，究竟版權屬誰無法定奪，整理者應盡最大努力保持原狀，特別是不能將原出處標錯，絕不能越俎代庖，捲入爭名奪利無聊的大戰。

② 鳳律：指音律，在此引申為樂器。

③ 攢：音 cuán；粵音 cyun4，音同「全」。聚集。

④ 庇：音 bì；粵音 bei3，音同「秘」。遮蓋，掩護。

竹答柳

宋（開寶）楊　億

我自虛心者，君能百尺芳。未聞凌雪秀，唯解刺天長。葉密招禽宿①，皮枯任蠹②藏。他年丹穴鳳③，恐不集垂楊。

《後村千家詩》卷十一

以下供父母老師讀

注釋

① 禽宿：飛鳥在樹枝間搭巢寄宿。
② 蠹：音 dù；粵音 dou³，音同「妒」。樹木中的蛀蟲。
③ 丹穴鳳：《山海經．南山經》中記載，丹穴山中有鳥，名曰鳳凰。後以丹穴代稱鳳凰。

按：本詩作者楊億，應該說是一位天才詩人。他的詩作極一時之麗，尤以《西崑酬唱集》為著。但上世紀五十年代至今，他並未受到研究者的重視。也未見大行其時的《文學史》正面提及。錢鍾書先生指出，那自有其「詩外的原因」。在《宋詩紀事補正》編輯中，先生特示嚴格照錄五卷明抄本《武夷新集》之外，依《事文類聚》、《錦繡萬花谷》、《全芳備祖》等大類書及詩話數十種，增輯詩近三十首。大年冤案，開始鬆動平反。

釋老六言十首之四

宋（淳熙）劉克莊

一筆受楞嚴義①，三書贈大顛衣②。取經煩猴行者③，吟詩輸鶴阿師④。

《後村大全集》

以下供父母老師讀

注釋

① 楞嚴義：《大佛頂首楞嚴經》簡稱為《楞嚴經》，傳唐代時由天竺沙門般剌密諦之傳至中國，經懷迪證義，房融筆受譯為漢文。

② 大顛衣：大顛和尚，唐代著名高僧，廣東潮陽人。唐代佛教曹溪派系的一代高僧。韓愈被貶潮州後與他成為至友，唐元和十四年（西元八一九年），韓愈調任袁州刺史，與大顛話別，依依不捨，韓愈脱下官服相贈，後人在贈衣處建「留衣亭」以誌紀念。

③ 猴行者：宋末時有《大唐三藏取經詩話》印行，其中有助玄奘取經的猴行者登場，即後出的小説《西遊記》孫悟空的原型。南中國民間一直習稱孫悟空為「猴齊天」，即是將「猴行者」與《西遊記》的「齊天大聖」合為一體，其名號流傳至今。

④ 取經兩句：錢鍾書先生在《小説識小》文中曾指出：「劉後村詩文好用本朝故事，王漁洋、趙甌北皆誹議之，按《後村大全集》卷四十三《釋老六言十首》之第四云：『取經煩猴行者，吟詩輸鶴阿師』。此詩前尚有七絕一首，亦用二事作對，《西遊記》事見南宋詩中，當自後村始。」

作者小傳

高適

高適，字達夫，一字仲武。滄洲渤海人。唐玄宗時舉有道科中第。為封丘尉，不得志，去游河右。哥舒翰表為左驍衛兵曹，掌書記，累拜左拾遺，轉監察御史。安祿山起，遷御史，擢諫議大夫。李輔國譖之，左授太子少詹事，出為蜀、彭二州刺史，累除成都尹、劍南西川節度使。唐代宗廣德初召為刑部侍郎，轉散騎常侍，封渤海縣侯。永泰元年乙巳（西元七六五年一月二十六日至七六六年二月十三日）卒。贈禮部尚書。諡曰忠。生活朝代主要經唐玄宗、肅宗、代宗永泰止。有《高常侍集》二卷、《高適詩集》十二卷。

高翥

高翥，字九萬，號菊礀。餘姚人。遊士。生活朝代主要經宋孝宗、光宗、寧宗、理宗。有《菊磵小集》、《信天巢遺稿》。

高駢

高駢，字千里。幽州人。南平郡王高崇文孫。初事朱叔明為司馬，曾一箭貫二鵰，號為落鵰侍御。自神策都虞候累拜秦州刺史。唐懿宗咸通中擢安南都護，遷檢校工部尚書，授靜海軍節度，唐僖宗立，加同中書門下平章事，為劍南西川節度。乾符四年丁酉（西元八七七年一月十八日至八七八年二月五日）進檢校司空，封燕國公。後又授鎮海軍節度使，江淮鹽鐵轉運使，以功進檢校司徒，檢校太尉同平章事。黃巢攻陷兩京，唐僖宗以王鐸、崔安代高駢兵權。加高駢侍中，封渤海郡王。光啟三年丁未被叛將畢師鐸、張神劍、鄭漢璋等殺害。生活朝代主要經唐懿宗、僖宗光啟止。有《高駢集》三卷等。

文徵明

文徵明，名璧，以字行，更字徵仲，別號衡山。明憲宗成化六年庚寅（西元一四七〇年二月一日至一四七一年一月二十日）生。學文於吳寬，學書於李應楨，學畫於沈周。寧王慕其名，辭病不赴。明武宗正德末，授翰林院待詔。明世宗立，預修武宗實錄，侍經筵。致仕歸。明世宗嘉靖三十八年己未卒。年九十，私諡貞獻先生。生活朝代由明憲宗成化起，經憲宗、孝宗、武宗、世宗嘉靖止。有《甫田集》。

文彭

文彭，字壽承，號三橋。文徵明長子。長洲人。明孝宗弘治十一年戊午（西元一四九八年一月二十二日至一四九九年二月九日）生。以明經廷試第一，仕為國子博士。明神宗萬曆元年癸酉卒。生活朝代由明孝宗弘治起，經孝宗、武宗、世宗、穆宗、神宗止。有《博士詩》。

顏真卿

顏真卿，字清臣。琅琊臨沂人。唐中宗景龍二年戊申（西元七〇八年一月二十八日至七〇九年二月十四日）生。顏師古五世從孫。唐玄宗開元中舉進士，登甲科，累遷殿中侍御史，武部員外郎。因不附宰相楊國忠，出為平原太守。安祿山反，河朔盡陷，獨平原城守具備，即拜戶部侍郎。唐肅宗即位靈武，授工部尚書，兼御史大夫，河北招討採訪處置使。至德二年，授憲部尚書，遷御史大夫。為宰相所忌，出為馮翊太守，改蒲州刺史。御史唐旻誣劾，貶饒州刺史。旋拜浙西節度使，召入為刑部侍郎。李輔國惡之，貶蓬州長史。唐代宗立，起為戶部侍郎，除荊南節度使。未行而罷，改尚書左丞，尋除檢校刑部尚書，進封魯郡公。與宰相元載不合，貶峽州別駕，遷撫、湖二州刺史。元載伏誅，擢刑部尚書。盧杞當國，益惡之，改太子太師。叛軍李希烈陷汝州，盧杞奏遣顏真卿往諭，為李希烈所拘，不屈而死，時興元元年甲子，年七十七。贈司徒，謚曰文忠。生活朝代由唐中宗景龍起，經中宗、睿宗、玄帝、代宗、德宗興元止。一說景龍三年己酉（西元七〇九年二月十五日至七一〇年二月三日）生，貞元元年乙丑卒。有《顏魯公文集》十五卷、《顏真卿詩》一卷、《筆法》一卷、《韻海鏡源》三百六十卷、《禮樂集》十卷、《盧陵集》十卷、《臨川集》十卷、《吳興集》十卷、《歷古創置儀》五卷。

謝枋得

謝枋得，字君直，號疊山。弋陽人。宋理宗寶慶二年丙戌（西元一二二六年一月三十日至一二二七年一月十八日）生。寶祐進士。因語侵賈似道，謫居興國軍。宋度宗咸淳中赦歸。宋恭宗德祐初以江東提刑知信州。元兵東下，乃變姓名入建寧唐石山。宋亡，居閩中。福建參政魏天祐強之北上，元世祖至元二十六年己丑至大都，遂不食死。年六十四。門人私謚文節，世稱疊山先生。生活朝代由宋理宗寶慶起，經理宗、度宗、恭帝、端宗、元世祖至元止。有《文章軌範》、《疊山集》。

王　維

王維，字摩詰。太原祁人，徙河東。武則天聖曆二年己亥（西元六九八年十二月八日至六九九年十一月二十六日）生。唐玄宗開元九年，進士擢第。調太樂丞，累為濟州司倉參軍。歷左拾遺，監察御史，左補闕，庫部郎中，拜吏部郎中。天寶末年，為給事中。安祿山攻陷兩都，王維被賊所獲。平亂後，被定罪，特赦之。授太子中允，遷中庶子，中書舍人。復拜給事中，轉尚書右丞。世稱王右丞。晚年篤於奉佛，長齋禪誦。唐肅宗乾元二年己亥卒。贈秘書監。生活朝代由武則天聖曆起，經武則天、中宗、睿宗、玄宗、肅宗乾元止。有《王右丞集》十卷、《詩格》一卷、《畫學秘訣》。

王禹偁

王禹偁，字元之。濟州鉅野人。後周太祖顯德元年甲寅（西元九五四年二月六日至九五五年一月二十六日）生。宋太宗太平興國八年進士，授成武主簿。端拱初擢為右拾遺，直史館，賜緋。端拱二年拜左司諫，知制誥。因徐鉉案，貶商州，移解州。

端拱四年，召拜左正言，直昭文館。知單州，復召為禮部員外郎。至道元年召入翰林學士。因坐謗誹，罷為工部郎中。知滁州，移知揚州。宋真宗即位，召還。咸平初出知黃州。四年辛丑卒。生活朝代由周太祖顯德起，經太祖、世宗、恭帝、宋太祖、太宗、真宗咸平止。有《小畜集》三卷、《外集》二十卷、《承明集》十卷、《別集》十六卷、《制誥集》十二卷。

王安石

王安石，字介甫，小字獾郎，號半山。撫州臨川人。宋真宗天禧五年辛酉（西元一〇二一年二月十五日至一〇二二年二月三日）生。王益子。擢進士第。宋仁宗嘉祐中歷度支判官。王安石上萬言書，以變法為言，直集賢院，知制誥。宋神宗時為宰相，推行變法，以失敗而告終，罷為鎮南軍節度使。元豐中復拜左僕射，封荊國公。宋哲宗立，加司空。元祐元年丙寅卒。諡文。生活朝代由宋真宗天禧起，經真宗、仁宗、英宗、神宗、哲宗元祐止。有《周官新義》、《臨川集》、《唐百家詩選》。

王之渙

王之渙，并州人。唐玄宗天寶間，與王昌齡、高適同唱和，以「黃河遠上白雲間」一首，名動一時。生活朝代主要為唐玄宗時期。

王　灣

王灣，洛陽人。唐玄宗先天進士第。開元初，為滎陽主簿。後與陸紹伯等同校麗正院書。終洛陽尉。生活朝代主要為唐玄宗時期。有《對清白二渠判》，與殷踐猷等重修《群書四部錄》二百卷。

王　勃

王勃，字子安。絳州龍門人。唐太宗貞觀二十一年丁未（西元六四七年二月十日至六四八年一月二十九日）生。未冠，應舉及第，授朝散郎。沛王李賢聞其名，召為王府修撰。因戲為文，唐高宗覽之怒，斥出府。久之，補虢州參軍。官奴曹達犯罪，王勃匿之，既懼事露，殺曹達滅口，事覺當誅。會遇赦，除名。上元二年乙亥，其父左遷交阯令，王勃往省視，渡南海，墮水卒。年二十八。生活朝代由唐太宗貞觀起，經太宗、高宗上元止。與楊炯、盧照鄰。駱賓王皆以文章齊名，天下稱王楊盧駱，號四傑。一說唐高宗永徽元年庚戌生。有《王勃集》三十卷、《王勃詩》八卷、《周易發揮》五卷、《次論語》五卷、《舟中纂序》五卷、《醫語纂要》一卷、《雜序》一卷、《千歲曆》等。

王駕

王駕，字大用，自號守素先生。河中人。唐昭宗大順元年庚戌（西元八九〇年一月二十五日至八九一年二月十二日）進士第，仕至禮部員外郎。後棄官歸隱。與鄭谷、司空圖為詩友。生活朝代主要為唐昭宗時期。有《王駕詩集》六卷。

王昌齡

王昌齡，字少伯。江寧人。唐玄宗開元十五年丁卯（西元七二七年一月二十七日至七二八年二月十四日）進士第，補秘書郎。又登博學宏詞科，再遷汜水縣尉，遷江寧丞。後貶龍標尉。以世亂還鄉里，為刺史閭丘曉所殺。與高適、王之渙齊名。生活朝代主要為唐玄宗時期。有《王昌齡集》六卷、《詩格》一卷、《詩中密旨》一卷。

王令

王令，字逢原。廣陵人。有盛名於嘉祐元豐間。王安石惜其才，年未三十而卒。生活朝代主要經宋仁宗、英宗、神宗。有《廣陵集》。

賈島

賈島，字浪仙，一作閬仙。范陽人。唐德宗貞元四年戊辰（西元七八八年二月十二日至七八九年一月三十日）生。早年出家，名無本。後去而舉進士。坐誹謗謫長江主簿，時稱賈長江。唐武宗會昌初以普州司倉參軍遷司戶，未受命。會昌三年癸亥卒。生活朝代由唐德宗貞元起，經德宗、順宗、憲宗、穆宗、敬宗、文宗、武宗會昌止。有《長江集》十卷、《賈島小集》三卷、《詩格》一卷等。

張説

張説，字道濟，又字説之。其先范陽人，徙家河南之洛陽。唐高宗乾封二年丁卯（西元六六七年一月三十日至六六八年二月十七日）生。弱冠應詔舉，對策乙第。授太子校書，左補闕，擢鳳閣舍人。因忤旨配流欽州。唐中宗召還，累遷工部，兵部侍郎，加弘文館學士。唐睿宗景雲二年同中書門下平章事，轉尚書左丞知政事。唐玄宗開元初，進中書令，封燕國公。尋出刺相州，左轉岳州。九年拜兵部尚書，同中書門下三品，為朔方軍節度使。十三年授集賢院學士，知院事，授右丞相兼中書令。致仕，在家修史。十七年復拜尚書左丞相，加開府儀同三司。開元十八年庚午卒。年六十四。追贈太師，謚曰文貞。生活朝代由唐高宗乾封起，經高宗、中宗、睿宗、武則天、中宗、睿宗、玄宗開元止。一說唐高宗總章元年戊辰（西元六六八年四月二十二日至六六九年二月二日）生，唐玄宗開元十九年辛未卒。有《張說集》三十卷、《詩集》五卷。

張繼

張繼，字懿孫。襄州人。唐玄宗天寶十二載癸巳（西元七五三年二月八日至七五四年一月二十七日）進士第，為鹽鐵判官。大曆末，檢校祠部員外郎，分掌財賦於洪州。生活朝代主要經唐玄宗、肅宗、代宗。有《張繼詩》一卷。

張即之

張即之，字溫夫，號樗寮。張孝伯子。和州人。宋孝宗淳熙十三年丙午（西元一一八六年一月二十三日至一一八七年二月九日）生。以父蔭授承務郎，累官司農寺丞。出知嘉興。宋理宗景定四年癸亥卒。生活朝代由宋孝宗淳熙起，經孝宗、光宗、寧宗、理宗景定止。

孟浩然

孟浩然，字浩然。襄陽人，世稱孟襄陽。武則天載初元年庚寅（西元六八九年十二月十八日至六九〇年十月十五日）生。少隱鹿門山。年四十，乃遊京師。張九齡鎮荊州，署為從事。唐玄宗開元二十八年庚辰，疽發背卒。生活朝代由武則天載初起，經武則天、中宗、睿宗、玄宗開元止。有《孟浩然詩集》三卷。

司馬光

司馬光，字君實。陝州夏縣人。司馬池次子。宋真宗天禧三年己未（西元一〇一九年二月八日至一〇二〇年一月二十七日）生。宋仁宗寶元初進士，官至開封府推官，歷同知諫院。因請定國嗣，進知制誥，改天章閣待制兼侍講知諫院。宋英宗時與議濮王典禮，均力持正論。宋神宗時擢為翰林學士，力辭，為御史中丞。以議王安石新法，不合而去，以端明殿學士知永興軍，居洛十五年，不論時事。宋哲宗初起為門下侍郎，拜尚書左僕射。悉去新法之為民患者，在相位八月。元祐元年丙寅卒。贈太師，溫國公，謚文正。因居涑水鄉，世稱「涑水先生」。生活朝代由宋真宗天禧起，經真宗、仁宗、英宗、哲宗元祐止。有《資治通鑑》、《獨樂園集》、《涑水記聞》、《書儀》、《易說》等。

盧梅坡

盧梅坡，宋朝人，善詩。按當時有盧鉞，字威仲。永福人。宋理宗淳祐四年甲辰（西元一二四四年二月十日至一二四五年一月二十九日）進士。疑梅坡其號也。

岑參

岑參，南陽人。唐玄宗開元六年戊午（西元七一八年二月五日至七一九年一月二十五日）生。岑文本之後。天寶三載登進士第。由率府參軍累官右補闕，因論斥權佞，改起居郎，尋出為虢州長史。復入為太子中允。唐肅宗時杜甫薦為左補闕，後出為嘉州刺史。唐代宗時委以書奏之任，由庫部郎出刺嘉州。杜鴻漸鎮西川，表為從事。後退居杜陵山中。大曆四年己酉卒於蜀。世稱岑嘉州。生活朝代由唐玄宗開元起，經玄宗、肅宗、代宗大曆止。有《岑參集》十卷。

崔塗

崔塗，字禮山。江南人。唐僖宗光啟四年戊申（西元八八八年二月十六日至八八八年四月七日）進士。有《崔塗詩》一卷。生活朝代主要經唐僖宗、昭宗。

崔顥

崔顥，汴州人。唐玄宗開元進士。有文無行，好博嗜酒。累官司勳員外郎。天寶十三載甲午（西元七五四年一月二十八日至七五五年二月十五日）卒。有《崔顥詩》

一卷。崔顥嘗過黃鶴樓賦詩，李白見而賞之。題曰：「眼前有景道不得，崔顥題詩在上頭。」生活朝代主要為唐玄宗時期。

崔光弼

崔光弼，明嘉靖時人。為重錄《永樂大典》寫書生員。

朱　斌

朱斌，唐時處士。有詩一首。

朱佐日

朱佐日，吳郡人。兩登制科，三為御史。生活朝代主要為唐代武則天時期。

朱淑真

朱淑真，自號幽棲居士。錢塘人，一作海寧人。宋代時人，善讀書，嫁市井民家，抑鬱不得志。作詩多憂怨之思。宛陵魏端禮輯其詩詞，名為《斷腸集》。並有《紀略》稱其為朱熹姪女。

朱　熹

朱熹，字元晦，一字仲晦，曾自號紫陽、雲谷老人、晦菴、滄州病叟、遯翁。徽州婺源人。朱松子。宋高宗建炎四年庚戌（西元一一三〇年二月十日至一一三一年一月三十日）生。隨父僑寓建州。紹興十八年進士。紹熙五年以煥章閣待制兼侍講兼實錄院同修撰，累官轉運副使。終寶文閣待制。宋寧宗慶元六年庚申致仕卒，謚文。生活朝代由宋高宗建炎起，經高宗、孝宗、光宗、寧宗慶元止。宋理宗寶慶中贈太師，追封信國公。有《晦庵集》、《晦庵詞》、《四書章句集注》、《楚辭集注》等。

白居易

白居易，字樂天，自號醉吟先生，香山居士。其先太原人，徙下邽。唐代宗大曆七年壬子（西元七七二年二月九日至七七三年一月二十七日）生。唐德宗貞元十四年擢進士第，補校書郎。唐憲宗元和初，對制策，調盩厔尉，集賢校理，尋召為翰林學士，左拾遺，拜贊善大夫。以言事貶江州司馬，徙忠州刺史。唐穆宗初，徵為主客郎中，知制誥。復乞外，歷杭、蘇二州刺史。唐文宗立，以秘書監召，遷刑部侍郎，除太子賓客分司東都，拜河南尹。開成初，為同州刺史，改太子少傅，封馮翊縣侯。唐武宗會昌初，以刑部尚書致仕。唐宣宗大中元年丁卯卒。年七十六。贈尚書右僕射，謚曰文。生活朝代由唐代宗大曆起，經代宗、德宗、順宗、憲宗、穆宗、敬宗、文宗、武宗、宣宗大中止。有《長慶集》七十一卷、《長慶集詩》二十卷、《後集詩》十七卷、《八漸通真議》一卷、《白氏六帖》三十卷。

程顥

程顥，字伯淳。河南人。程珦子。宋仁宗明道元年壬申（西元一〇三二年十二月十一日至一〇三三年二月二日）生。舉進士，調鄠縣主簿。宋神宗熙寧初為御史里行。後與王安石議新法不合，出為鎮寧軍判官，知扶溝縣。宋神宗元豐八年乙丑卒。謚純公。生活朝代由宋仁宗明道起，經仁宗、英宗、神宗元豐止。文彥博采眾論，題其墓曰「明道先生」。後人集其遺文語錄，名《程子遺書》。

徐元杰

徐元杰，字仁伯。上饒人。宋理宗紹定五年壬辰（西元一二三二年一月二十四日至一二三三年二月十日）進士。嘉熙二年，召為秘書省正字，遷校書郎。嘉熙三年除著作佐郎，兼權兵部郎中。出知安吉州。淳祐元年，知南劍州，遷將作監，兼崇政殿說書，拜太常少卿，兼給事中，國子祭酒。淳祐五年乙巳中毒而亡。賜謚忠愍。生活朝代主要為宋理宗時期。有《楳埜集》。

宋庠

宋庠，字公序，初名郊。安陸人，後徙雍丘。宋太宗至道二年丙申（西元九九六年一月二十三日至九九七年二月九日）生。與弟宋祁俱以文學名，人稱二宋。宋仁宗天聖初舉進士，累試皆第一。官至兵部尚書同平章事，樞密使。宋英宗時封鄭國公。出判亳州，以老乞致仕。治平三年丙午卒。諡元獻。生活朝代由宋太宗至道起，經太宗、真宗、仁宗、英宗治平止。有《國語補音》三卷、《紀年通譜》十二卷、《掖垣叢志》三卷、《尊號錄》一卷、《明堂通儀》二卷、《楊億談苑》十五卷、《雞跖集》二十卷、《緹巾集》十二卷、《操縵集》六卷、《連珠》一卷。

宋高宗

宋高宗，名構，字德基。徽宗第九子。大觀元年丁亥（西元一一〇七年一月二十六日至一一〇八年二月十三日）生。始封康王。徽、欽二帝為金人所擄，乃即位於建康。後南遷避敵，定都臨安。以秦檜為相，殺岳飛，乞和於金，遂成偏安之局，是為南宋。在位三十六年，無子，禪位於宋孝宗，稱太上皇帝。淳熙十四年丁未崩，年八十一，廟號高宗。紀元有二，建炎、紹興。

宋徽宗

宋徽宗，名佶。神宗第十一子。元豐五年壬戌（西元一〇八二年二月一日至一〇八三年一月二十日）生。嗣哲宗位。崇奉道教，自稱教主道君皇帝。任用蔡京、梁師成、李彥、朱勔、王黼、童貫等，時稱為六賊。籍司馬光等百二十餘人為奸黨，刻石端禮門。致金兵南下，甚懼，禪位太子，是為宋欽宗。尊徽宗為道君太上皇帝。在位二十五年，紀元有六，建中靖國、崇寧、大觀、政和、重和、宣和。靖康末金人攻陷開封，擄徽、欽二帝北去。宋高紹興五年乙卯崩於五國城，廟號徽宗。

馮承素

馮承素，官為將仕郎，直弘文館，善書。唐太宗曾出王羲之《樂毅論》等真跡，令馮承素摹，以賜諸臣。生活朝代主要經唐太宗、高宗。

褚遂良

褚遂良，字登善。杭州錢塘人。隋文帝開皇十六年丙辰（西元五九六年二月四日至五九七年一月二十三日）生。褚亮子。初授秦州都督府鎧曹參軍。唐玄宗貞觀中起居郎，召令侍書，遷諫議大夫，累官黃門侍郎。拜中書令，與長孫無忌同受顧命。唐高宗立，封爵河南郡公，拜吏部尚書，同中書門下三品，為右僕射。高宗將廢后立，武昭儀，遂良力諫不納，因乞歸田里，累貶愛州刺史。顯慶三年戊午卒，年六十三。生活朝代由隋文帝開皇起，經隋文帝、煬帝、唐高祖、太宗、高宗顯慶止。有《褚遂良集》二十卷，與孔穎達等刊定《尚書正義》二十卷，與房玄齡奉詔撰《晉書》一百三十卷。

李商隱

李商隱，字義山，又號玉溪生。懷州河內人。唐憲宗元和八年癸巳（西元八一三年二月五日至八一四年一月二十四日）生。少為令狐楚巡官。唐文宗開成二年登進士第。唐武宗會昌二年，王茂元鎮河陽，辟掌書記，為侍御史。鄭亞廉察桂州時，請為觀察判官。唐宣宗大中初，鄭亞被貶循州，李商隱隨行赴嶺表。大中三年入為京兆尹盧弘止掾曹，又從為掌書記，補太學博士。柳仲郢鎮東蜀時，辟為節度判官檢校工部郎中。大中十二年戊寅卒。生活朝代由唐憲宗元和起，經憲宗、穆宗、敬宗、文宗、武宗、宣宗大中止。有《李商隱文集》八卷、《李義山詩集》三卷、《李商隱賦》一卷、《樊南甲集》二十卷、《乙集》二十卷、《桂管集》二十卷、《蜀爾雅》三卷、《金鑰》二卷等。

李白

李白，字太白，一字長庚，號青蓮居士。隴西成紀人，或曰山東人，或曰蜀人。

武則天長安元年辛丑（西元七〇一年十一月二十六日至七〇二年二月一日）生。涼武昭王李暠九世孫。唐玄宗天寶初，至長安。賀知章薦於唐玄宗，詔供奉翰林。因得罪高力士、楊國忠，自知不為親近所容，懇求還山。唐玄宗賜金放還，乃浪跡江湖。永王李璘都江陵，辟為僚佐。李璘謀亂，兵敗，李白坐流夜郎。遇赦得還。唐代宗立，召以左拾遺，而李白已卒。時寶應元年壬寅，年六十餘。生活朝代由武則天長安起，經武則天、中宗、睿宗、玄宗、肅宗、代宗寶應止。有《李白集》三十卷。

李涉

李涉，洛陽人。與弟李渤隱居廬山，自號清谿子。唐憲宗朝為太子通事舍人，貶峽州司倉參軍。唐文宗太和中為太學博士。後流放康州。生活朝代主要經唐憲宗、穆宗、敬宗、文宗。有《李涉集》二卷、《李涉詩》一卷。

李鳳

李鳳，明嘉靖時，官中書舍人。為重錄《永樂大典》寫書官。

李益

李益，字君虞。姑臧人。唐玄宗天寶七載戊子（西元七四八年二月四日至七四九年一月二十二日）生。唐代宗大曆四年登進士第，授鄭縣尉。久不調，不得志，北遊河朔。幽州劉濟辟為從事。與劉濟作詩嘗有怨語。唐憲宗時，召為秘書少監，集賢殿學士。諫官舉其幽州詩句，降居散秩。俄復用為秘書監，遷太子賓客，集賢學士，判院事，轉右散騎常侍。唐文宗太和初，以禮部尚書致仕。太和元年丁未卒。時又有太子庶子李益同在朝，故世言文章李益以別之。生活朝代由唐玄宗天寶起，經玄宗、肅宗、代宗、德宗、順宗、憲宗、穆宗、敬宗、文宗太和止。有《李益詩》一卷。

李義府

李義府，瀛州饒陽人。隋煬帝大業十年甲戌（西元六一四年二月十五日至六一五年二月三日）生。唐太宗貞觀八年擢第。補門下省典儀，尋除監察御史，太子舍人，加崇賢館直學士。唐高宗即位，遷中書舍人。永徽二年，兼修國史，加弘文館學士。因上表請立武昭儀為后，擢拜中書侍郎同中書門下三品，監修國史，賜爵廣平縣男。顯慶元年兼太子右庶子，進爵為侯。二年拜中書令，加太子賓客，封河間郡公。三年貶為普州刺史，四年召還兼吏部尚書，官封如故。時號笑中刀，又稱為李貓。後因犯禁坐贓除名，長流巂州。乾封元年丙寅卒。年五十三。生活朝代由隋煬帝大業起，經煬宗、恭帝、唐高祖、太宗、高宗乾封止。武則天如意元年，追贈揚州大都督。有《文集》四十卷、《古今詔集》一百卷、《宦游記》七十卷，與房玄齡等御撰《晉書》一百三十卷，與長孫無忌等撰《永徽五禮》一百三十卷，與許敬宗等撰《姓氏譜》二百卷及《東殿新書》二百卷。

韋應物

韋應物，京兆長安人。唐玄宗開元二十五年丁丑（西元七三七年二月四日至七三八年一月二十四日）生。少以三衛郎事玄宗。唐代宗永泰中，授京兆功曹，遷洛陽丞。大曆十四年，自鄠令制除櫟陽令，以疾辭不就。唐德宗建中三年，拜比部員外郎。出為滁州刺史，後調江州。追赴闕，改左司郎中。復出為蘇州刺史，世號韋蘇州。生活朝代主要經唐玄宗、肅宗、代宗、德宗。有《韋蘇州集》十卷，《詩集》十卷。

戴叔倫

戴叔倫，字幼公。潤州金壇人。唐玄宗開元二十年壬申（西元七三二年二月一日至七三三年一月二十日）生。釋褐秘書省正字，累官祠部郎中，拜撫州刺史。作均水法，封譙縣男。遷容管經略使。唐德宗貞元五年己巳卒。年五十八。生活朝代由唐玄宗開元起，經玄宗、肅宗、代宗、德宗貞元止。有《述稿》十卷。

戴復古

戴復古，字式之。黃巖人。嘗登陸游之門。所居處有石屏山，因以石屏為號。生活朝代主要經宋孝宗、光宗、寧宗、理宗。有《石屏詩集》、《石屏詞》等。

范成大

范成大，字致能，號石湖居士。吳縣人。宋欽宗靖康元年丙午（西元一一二六年一月二十五日至一一二七年二月十二日）生。宋高宗紹興二十四年，進士第，授戶曹，監和劑局。宋孝宗年間官歷校書郎兼國史院兼編修官，著作佐郎，佐部員外郎，禮部員外郎兼實錄院檢討官，起居舍人。淳熙五年四月，出使金國，不辱命而返。除中書舍人兼實錄院同修撰兼同修國史。知靜江府，除敷文閣待制，四川制置使，權吏部尚書，拜參知政事。以病請閑，進資政殿學士。宋光宗紹熙三年，加大學士。四年癸丑卒，贈少師，追封崇國公，諡文穆。生活朝代由宋欽宗靖康起，經欽宗、高宗、孝宗、光宗紹熙止。有《石湖集》、《攬轡錄》、《桂海虞衡志》、《吳門志》、《驂鸞錄》、《范村梅菊譜》等。

蘇頲

蘇頲，字廷碩。京兆武功人。唐高宗咸亨元年庚午（西元六七〇年三月二十七日至六七一年二月十四日）生。宰相蘇瓌子。舉進士，調烏程尉。舉賢良方正，歷監察御史。唐中宗神龍中，遷給事中，修文館學士，中書舍人知制誥。唐睿宗景雲中襲爵許國公，號小許公。唐玄宗開元四年遷紫微侍郎，同紫微黃門平章事。與宋璟同當國。開元十五年丁卯卒。年五十八。贈尚書右丞，謚曰文憲。生活朝代由唐高宗咸亨起，經高宗、中宗、睿宗、武則天、中宗、睿宗、玄宗開元止。有《蘇頲集》三十卷，與姚崇等奉詔刪定《開元前格》十卷。

蘇軾

蘇軾，字子瞻。眉州眉山人。蘇洵子。宋仁宗景祐三年丙子（西元一〇三六年一月三十一日至一〇三七年一月十八日）生。嘉祐中試禮部，主司歐陽修擢置第二，對策入三等。宋神宗熙寧中因反對王安石變法，自請外放，通判杭州。後又知密州、徐州、湖州。元豐中因烏臺詩案，貶為黃州團練副使。蘇軾築室於東坡，自號東坡居士。宋哲宗元祐中累官翰林學士兼侍讀。後以龍圖閣學士知杭州，知定州。紹聖中貶到惠州，又貶為瓊州別駕。宋徽宗建中靖國元年辛巳，遇大赦北還，途中卒於常州。謚文忠。年六十六。由宋仁宗景祐起，經仁宗、英宗、神宗、哲宗、徽宗建中靖國元年止。蘇軾與父蘇洵，弟蘇轍並稱三蘇。有《蘇東坡集》、《東坡樂府》、《東坡志林》、《東坡詞》、《仇池筆記》等。

韓翃

韓翃，字君平。南陽人。唐玄宗天寶十三載甲午（西元七五四年一月二十八日至七五五年二月十五日）進士第。侯希逸表為佐淄青幕府。府罷，十年不出。唐德宗建中初，除駕部郎中，知制誥，擢中書舍人。生活朝代主要經唐玄宗、肅宗、代宗、德宗。有《韓翃集》五卷。

韓愈

韓愈，字退之。鄧州南陽人，一作昌黎人。唐代宗大曆三年戊申（西元七六八年一月二十四日至七六九年二月十日）生。唐德宗貞元八年，擢進士第。初為監察御史，因好直言，累被黜貶。唐憲宗元和中，裴度討淮西，請為行軍司馬，以功遷刑部侍郎。後因勸諫迎佛骨事，貶為潮州刺史，又移袁州。唐穆宗即位，召拜國子祭酒，兵部侍郎。唐穆宗長慶四年甲辰卒。年五十七。贈禮部尚書，謚曰文。生活朝代由唐代宗大曆起，經代宗、德宗、順宗、憲宗、穆宗長慶止。有《韓愈集》五十卷，《送毛仙翁詩集》一卷，《筆解》二卷，《唐順宗實錄》五卷，《四注孟子》十四卷，《內詩》十卷，《外集遺文》十卷。

葛長庚

葛長庚，字如晦，號海瓊子。閩清人。家瓊州，初至雷州，繼為白氏子，名玉蟾。後隱於武夷山，出家為道士，事陳楠九年，始得其道。時稱其入水不濡，逢兵不害。

宋寧宗嘉定中詔徵赴闕。詔封紫清真人。生活朝代主要為宋寧宗時期。有《海瓊集》、《道德寶章》、《羅浮山志》。

黃庭堅

黃庭堅，字魯直，號涪翁，又號山谷道人。洪州分寧人。黃庶子。宋仁宗慶曆五年乙酉（西元一〇四五年一月二十一日至一〇四六年二月八日）生。舉進士，調葉縣尉。宋神宗熙寧初，舉四京學官，孝授北京國子監，知太和縣。宋哲宗立，召為校書郎，神宗實錄檢討官，遷著作佐郎，加集賢校理。實錄成，擢起居舍人。宋哲宗紹聖初，知宣州，改鄂州。章惇、蔡卞誣之，貶涪州別駕，黔州安置，徙戎州。宋徽宗初，起知太平州，主管玉隆觀。崇寧四年乙酉卒。年六十一。私謚文節先生。與張耒、晁補之、秦觀俱蘇軾門下，天下稱為四學士。生活朝代由宋仁宗慶曆起，經仁宗、英宗、神宗、哲宗、徽宗崇寧止。有《山谷內集》、《外集》、《別集》、《簡尺》等。

黃載

黃載，字伯厚，號玉泉。南豐人。黃大受子。宋理宗紹定中以平閩亂功授武階，遷廣東兵馬鈐轄，權知封州。生活朝代主要經宋寧宗、理宗。

蔡襄

蔡襄，字君謨。興化仙遊人。宋真宗大中祥符五年壬子（西元一〇一二年一月二十六日至一〇一三年二月十二日）生。宋仁宗天聖中進士。為西京留守推官，館閣校勘。慶曆中官知諫院，直史館，兼修起居注。以母老，求知福州，改福建路轉運使。因唐介事貶英州。後進知制誥，遷龍圖閣直學士知開封府。以樞密直學士再知福州，又徙知泉州。建洛陽橋長三百六十丈，以利濟者，閩人刻碑紀德。召為翰林學士，三司使。後以端明殿學士移守杭州。宋英宗治平四年丁未卒。年五十六。謚忠惠。生活朝代由宋真宗大中祥符起，經真宗、仁宗、英宗治平止。有《茶錄》、《荔枝譜》、《蔡忠惠集》。

葉元素

葉元素，字唐卿，號苕磯。宋朝人。

葉紹翁

葉紹翁，字嗣宗，號靖逸。處州龍泉人。其學出於葉適，與真德秀善。生活朝代主要經宋寧宗、理宗。有《靖逸小集》、《四朝聞見錄》。

杜牧

杜牧，字牧之。京兆萬年人。唐德宗貞元十九年癸未（西元八〇三年一月二十七日至八〇四年二月十四日）生。唐文宗太和二年，擢進士第。復舉賢良方正。官歷江西團練府巡官，淮南節度府掌書記，監察御史，宣州團練判官，殿中侍御史，史館修撰，比部員外郎、黃、池、睦、湖四州刺史，考功郎中，知制誥，中書舍人等。人號為小杜，以別於杜甫。唐宣宗大中六年壬申卒。生活朝代由唐德宗貞元起，經德宗、順宗、憲宗、穆宗、敬宗、文宗、武宗、宣宗大中止。有《樊川集》二十卷、《外集詩》一卷、《別集詩》一卷、《孫子注》三卷。

杜審言

杜審言，字必簡。襄陽人。唐太宗貞觀末年生。少與李嶠、崔融、蘇味道為文章四友，世號崔李蘇杜。擢進士第，為隰城尉，累轉洛陽丞。坐事貶吉州司戶參軍。不久免歸。武后召見，授著作佐郎，遷膳部員外郎。因坐交張易之兄弟，流放峰州。不久入為國子監主簿，修文館直學士。唐中宗神龍初年卒。生活朝代由唐太宗貞觀起，經太宗、高宗、中宗、睿宗、武則天、中宗神龍止。有《杜審言集》十卷、《詩集》一卷。

杜荀鶴

杜荀鶴，字彥之。池州人。唐武宗會昌六年丙寅（西元八四六年一月三十一日至八四七年一月二十日）生。有詩名，自號九華山人。唐昭宗大順二年，以第一人擢第。復還舊山。朱全忠厚遇之，表授翰林學士，主客員外郎，知制誥。天祐元年甲子卒。生活朝代由唐武宗會昌起，經武宗、宣宗、懿宗、僖宗、昭宗天祐止。有《唐風集》十卷。

杜耒

杜耒，字子野，號小山。宋朝人。

杜甫

杜甫，字子美。杜審言孫。唐玄宗先天元年壬子（西元七一二年九月十二日至七一三年一月三十日）生。少貧，居杜陵。自稱杜陵布衣，又稱少陵野老。天寶初應進士，不第。後獻三大禮賦，唐玄宗奇之，召試文章，授京兆府兵曹參軍。安祿山陷京師，唐肅宗即位靈武，杜甫拜左拾遺，出為華州司功參軍。後入蜀，劍南節度使嚴武與杜甫交好，奏請杜甫為參謀，檢校工部員外郎，待遇甚厚。嚴武死後，蜀中大亂。杜甫無所依，攜家避亂，寓居耒陽。唐代宗大曆五年庚戌卒。年五十九。生活朝代由唐玄宗先天起，經玄宗、肅宗、代宗大曆止。唐憲宗元和中，歸葬偃師首陽山。與李白齊名，時人稱李杜，又以別於杜牧，稱為老杜，後人尊為詩聖。有《杜甫集》六十卷、《杜甫詩》二十卷、《外集》一卷。

林升

林升，宋孝宗淳熙時士人。

林逋

林逋，字君復。錢塘人。結廬西湖之孤山，二十年足不及城市，不娶無子，所居植梅蓄鶴，人因謂梅妻鶴子。自為墓於廬側。年六十一卒。宋仁宗賜諡和靖先生。生活朝代主要經宋太宗、真宗、仁宗。

林洪

林洪，字龍發，號可山。泉州人。宋理宗時上書言事，自稱是林和靖七世孫。有《西湖衣鉢》。

楊億

楊億，字大年。建州浦城人。宋太祖開寶七年甲戌（西元九七四年一月二十六日至九七五年二月十三日）生。年十一，宋太宗聞其名，詔送闕下試詩賦，授秘書省正字。淳化中，改太常寺奉禮郎。獻《二京賦》，命試翰林，賜進士第。遷光祿寺丞。宋真宗初，拜左正言，知處州。大中祥符初，加兵部員外郎，戶部郎中。兩為翰林學士，官終工部侍郎，兼史館修撰。天禧四年庚申卒。諡文。生活朝代由宋太祖開寶起，經太祖、太宗、真宗天禧止。與王欽若等纂《冊府元龜》一千卷，有《括蒼》、《武夷》、《潁陰》、《韓城》、《退居汝陽》、《蓬山》、《冠鼇》、《虢略集》、《蓬山集》、《西崑酬唱集》等。

楊炯

楊炯，華陰人。幼舉神童。唐授校書郎，為崇文館學士，遷詹事司直。武后時左轉梓州司法參軍。後授婺州盈川令。武則天如意年間卒於官。唐中宗即位，贈著作郎。生活朝代主要經唐高宗、武則天。有《盈川集》三十卷。

楊樸

楊樸，字契元。鄭州東里人。少時與畢士安同學，畢士安薦之宋太宗，以布衣召見，賦《莎衣詩》。辭官歸。嘗騎驢往來鄭圃，每欲作詩，就伏草間冥想，得句則躍而出，遇之者皆驚。生活朝代主要經宋太宗、真宗。有《東里集》、《楊朴詩》。

楊萬里

楊萬里，字庭秀。吉水人。宋徽宗宣和六年甲辰（西元一一二四年一月十九日至一一二五年二月四日）生。宋高宗紹興進士，調零祾丞。宋光宗紹熙元年以秘書監兼實錄院檢討官。宋孝宗時召為國子監博士。宋寧宗朝韓侂冑專僭日甚，楊萬里憂輁成疾，書其罪狀，擲筆而逝。時開禧三年丙寅。年八十三，謚文節。宋光宗嘗書誠齋二字，時人稱誠齋先生。生活朝代由宋徽宗宣和起，經徽宗、欽宗、高宗、孝宗、光宗、寧宗開禧止。有《誠齋集》、《江湖集》、《荊溪集》、《西歸集》、《南海集》等。

楊巨源

楊巨源，字景山。河中人。唐德宗貞元五年己巳（西元七八九年一月三十一日至七九〇年一月十九日）擢進士第。為張弘靖從事，由秘書郎擢太常博士，禮部員外郎。出為鳳翔少尹，復召除國子司業。年七十致仕歸。唐文宗太和中以為河東少尹，不領職務。生活朝代主要經唐德宗、順宗、憲宗、穆宗、敬宗、文宗。有《楊巨源集》五卷、《楊巨源詩》一卷。

柳公權

柳公權，字誠懸。京兆華原人。唐代宗大曆十三年戊午（西元七七八年二月二日至七七九年一月二十一日）生。兵部尚書柳公綽弟。唐憲宗元和初進士第。唐穆宗時拜右拾遺，充翰林學士，累遷司封員外郎，右司郎中，弘文館學士。唐文宗時遷諫議大夫，改中書舍人，充翰林書詔學士。開成三年，轉工部侍郎，累遷學士承旨。穆、敬、文三朝皆侍書禁中。唐武宗朝罷內職，授右散騎常侍集賢院學士，遷金紫光祿大夫，封河東郡公，歷工部尚書。唐懿宗咸通改太子少師。咸通六年乙酉以太子太保致仕。卒，年八十八。贈太子太師。生活朝代由唐代宗大曆起，經代宗、德宗、順宗、憲宗、穆宗、敬宗、文宗、武宗、宣宗、懿宗咸通止。有《柳氏小說舊聞》六卷。

趙孟頫

趙孟頫，字子昂，號松雪道人。宋太祖子秦王趙德芳之後。因賜第湖州，故為湖州人。宋理宗寶祐二年甲寅（西元一二五四年一月二十一日至一二五五年二月八日）

生。元世祖至元二十三年，程鉅夫奉詔搜訪遺逸，以趙孟頫入見，世祖甚喜之，使坐右丞葉李之上。二十四年授兵部郎中，二十七年遷集賢直學士，二十九年出同知濟南路總管府事。元仁宗即位，官至翰林學士承旨、榮祿大夫。元英宗至治二年壬戌卒，年六十九。贈魏國公，謚文敏。生活朝代由宋理宗寶祐起，經理宗、度宗、恭帝、端宗、元世祖、成宗、武宗、仁宗、英宗至治止。有《松雪齋集》、《尚書注》、《琴原》、《樂原》。

趙師秀

趙師秀，字紫芝，號靈秀。永嘉人。宋太祖八世孫。宋光宗紹熙進士。宋寧宗慶元初為上元主簿。終高安推官。與徐照、徐璣、翁卷，稱永嘉四靈。生活朝代主要經宋光宗、寧宗。有《清苑齋集》、《眾妙集》。

趙嘏

趙嘏，字承祐。山陽人。唐武宗會昌二年壬戌（西元八四二年二月十四日至八四三年二月二日）登進士第。唐宣宗大中間，仕至渭南尉。生活朝代主要經唐武宗、宣宗。有《渭南集》、《編年詩》。

秦觀

秦觀，字少游，一字太虛，號淮海居士。楊州高郵人。宋仁宗皇祐元年己丑（西元一〇四九年二月五日至一〇五〇年一月二十五日）生。舉進士不中，蘇軾勉以應舉為親養，始登第。調定海主簿，蔡州教授。宋哲宗元祐初，蘇軾以賢良方正薦於朝庭，除太學博士，校正秘書省書籍，國史院編修官。紹聖初，坐黨籍，出通判杭州。宋徽宗立，復宣德郎，放還。至滕州，出游華光亭，為客道夢中長短句，索水欲飲，水至，笑視之而卒。時為元符三年庚辰。年五十三。生活朝代由宋仁宗皇祐起，經仁宗、英宗、神宗、哲宗元符止。有《秦觀集》四十卷、《四學士文集》五卷。

晁説之

晁説之，字以道。清豐人。晁端彥子。宋仁宗嘉祐四年己亥（西元一〇五九年二月十五日至一〇六〇年二月四日）生。慕司馬光之為人，自號景迂。宋神宗元豐進士。蘇軾以著述科薦之。宋哲宗元祐中以黨籍放斥。後終徽猷閣待制。高宗建炎三年己酉卒。生活朝代由宋仁宗嘉祐起，經仁宗、英宗、神宗、哲宗、徽宗、欽宗、高宗建炎止。清宣宗道光朝追封孚惠侯。有《景迂生集》二十卷、《晁氏客語》一卷、《錄古周易》八卷、《講義》五卷、《易玄星紀譜》二卷、《儒言》。

晁沖之

晁沖之，字叔用。鉅野人。與呂居仁知交。宋哲宗紹聖初，落黨籍中，居於具茨山，屢薦不應。生活朝代主要經宋神宗、哲宗、徽宗。有《具茨集》，與晁端禮合撰《晁新詞》一卷。

晏　殊

晏殊，字同叔。臨川人。宋太宗淳化二年辛卯（西元九九一年一月十九日至九九二年二月六日）生。宋真宗景德初以神童薦，真宗召與進士並試廷中，賜同進士出身，擢秘書省正字。明年，召試中書，遷太常寺奉禮郎，遷光祿寺丞，再遷太常寺丞，擢左正言直史館，遷左庶子。宋仁宗即位，遷右諫議大夫兼侍讀學士，加給事中，累官同中書門下平章事。至和二年乙未卒。贈司空兼侍中，謚元獻。生活朝代由宋太宗淳化起，經太宗、真宗、仁宗至和止。有《臨川集》三十卷、《詩》二卷、《二府集》十五卷、《二府別集》十二卷、《北海新編》六卷、《平臺集》一卷、《類要》一百卷、《天和殿御覽》四十卷，修《真宗實錄》一百五十卷。

呂　巖

呂巖，一作嵒，一名巖客，字洞賓。河中府永樂人，一云蒲坂縣人。呂渭之孫。唐懿宗咸通中及第，兩調縣令。值黃巢叛亂，攜家歸終南山得道。別號純陽子，亦稱回道人、呂祖、關西逸人。生活朝代主要經唐懿宗、僖宗、昭宗。有稱歷五代，宋初卒。神話傳説中八仙人物之一。有《九真玉書》一卷。

劉禹錫

劉禹錫，字夢得。彭城人。唐代宗大曆七年壬子（西元七七二年二月九日至七七三年一月二十七日）生。唐德宗貞元九年，擢進士第，登博學宏詞科。從事淮南幕府，入為監察御史。貞元末轉屯田員外郎，判度支鹽鐵案，兼崇陵使判官。因王叔文事，坐貶連州刺史，又貶朗州司馬。唐憲宗十一年，自武陵召還。因遊玄都觀詠《看花君子詩》，語涉譏刺，出為播州刺史。裴度以其母老為言，改連州，徙夔、和二州。唐文宗太和二年，徵還為主客郎中。裴度欲薦為知制誥，又因作《重遊玄都觀詩》，轉為禮部郎中，集賢直學士。裴度罷後，劉禹錫出為蘇州刺史。後授汝州刺史，遷太子賓客分司東都。唐武宗會昌中，加檢校禮部尚書。會昌二年壬戌卒，年七十二。生活朝代由唐代宗大曆起，經代宗、德宗、順宗、憲宗、穆宗、敬宗、文宗、武宗會昌年止。贈戶部尚書。有《劉禹錫集》四十卷、《彭陽唱和集》二卷、《傳信方》二卷、《劉賓客佳話錄》。

劉克莊

劉克莊，字潛夫，號後村。莆田人。宋孝宗淳熙十四年丁未（西元一一八七年二月十日至一一八八年一月二十九日）生。嘉定間為建陽令。宋理宗淳祐初特賜同進士出身，秘書少監，兼中書舍人。揭發史嵩之罪狀，累官龍圖閣學士。致仕。宋度宗咸淳五年己巳卒。諡文定。生活朝代由宋孝宗淳熙起，經孝宗、光宗、寧宗、理宗、度宗咸淳止。有《後村居士前集》、《後集》、《續集》、《新集》。

陸龜蒙

陸龜蒙，字魯望。蘇州人。舉進士不第，從湖州刺史張搏游。居松江甫里，常乘舟設蓬席，放遊江湖間，自謂江湖散人，或號天隨子、甫里先生。唐僖宗中和初年，召拜左拾遺，詔書下日卒。唐昭宗光化中，韋莊表贈右補闕。生活朝代主要經唐懿宗、僖宗。有《甫里集》二十卷、《詩編》十卷、《賦》六卷、《古今小名錄》五卷、《笠澤叢書》三卷、《耒耜經》。

陸游

陸游，字務觀，自號放翁。宋徽宗宣和七年乙巳（西元一一二五年二月五日至一二一六年一月二十四日）生。早有文名，以蔭補登仕郎，舉試薦屢為前列。為秦檜所嫉，秦檜死，始為寧德主簿。宋孝宗淳熙十六年，以禮部郎中兼實錄院檢討官。宋寧宗嘉泰二年，以直華文閣提舉佑神觀權同修國史。後知夔、嚴二州。嘉定三年庚午卒。年八十五。生活朝代由宋徽宗宣和起，經徽宗、欽宗、高宗、孝宗、光宗、寧宗嘉定止。有《劍南詩稿》八十五卷、《老學菴筆記》一卷、《聖政草》一卷、《會稽志》二十卷、《陸氏續集驗方》二卷、《山陰詩話》一卷、《入蜀記》四卷、《天彭牡丹譜》一卷等，與傅伯壽等修《光宗實錄》一百卷。

陳與義

陳與義，字去非，號簡齋。陳希亮曾孫，陳希亮遷居洛陽，故為洛陽人。宋哲宗元祐五年庚午（西元一〇九〇年二月三日至一〇九一年一月二十二日）生。宋徽宗政和間登上舍甲科。宋高宗紹興中累官參知政事，從帝如建康，還臨安，提舉洞霄宮。紹興八年戊午卒。生活朝代由宋哲宗元祐起，經哲宗、徽宗、欽宗、高宗紹興止。有《簡齋集》、《無住詞》。

駱賓王

駱賓王，婺州義烏人。七歲能屬文，嘗作《帝京篇》，當時以為絕唱。初為道王府屬，歷武功主簿，調長安。武后時數上書言事，下除臨安丞。不得志，棄官去。徐敬業舉兵，署為府屬。為徐敬業草檄文，斥武后罪狀。武后讀之，嘆曰：「有如此才，坐使流落不遇，宰相之過也。」敬業事敗，駱賓王亡命，不知所終。或曰武則天光宅元年甲申卒。與王勃、楊炯、盧照鄰，以文章齊名，號為四傑。生活朝代主要經唐太宗、高宗、武則天。有《駱賓王集》十卷、《詩集》三卷、《百道判集》一卷。

歐陽脩

歐陽脩，字永叔，自號醉翁。廬陵人，一作吉州永豐人。歐陽觀子。宋真宗景德四年丁未（西元一〇〇七年一月二十二日至一〇〇八年二月九日）生。舉進士甲科。宋仁宗慶曆初召知諫院，改右正言。因上疏極諫，出知滁州，徙揚州、潁州。後還為翰林學士。嘉祐間拜參知政事。宋神宗熙寧初與王安石不合，以太子少師致仕。謂《集古錄》一千卷，書一萬卷，琴一張，棋一局，酒一壺，鶴一雙也，因號六一居士。熙寧五年壬子卒。謚文忠。生活朝代由宋真宗景德起，經真宗、仁宗、英宗、神宗熙寧止。有《新唐書》、《新五代史》、《文忠集》、《六一居士集》、《六一詩話》、《六一詞》、《集古錄》、《牡丹譜》。

翁卷

翁卷，字續古，一字靈舒。永嘉人。登宋理宗淳祐年鄉薦，以布衣終。與徐照、徐璣、趙師秀，稱永嘉四靈。有《西巖集》。

曾紆

曾紆，字公袞。曾布子。宋神宗熙寧六年癸丑（西元一〇七三年二月十日至一〇七四年一月二十九日）生。晚號空青老人。初以蔭補官。宋哲宗紹聖中復中弘詞科，坐黨籍貶零陵。宋高宗紹興初除直顯謨閣，歷知撫、信、衢三州。官終直寶文閣。紹興五年乙卯卒。生活朝代由宋神宗熙寧起，經神宗、哲宗、徽宗、欽宗、高宗紹興止。有《空青集》。

曾幾

曾幾，字吉甫。贛州人。後僑居茶山，自號茶山居士。宋神宗元豐七年甲子（西元一〇八四年二月九日至一〇八五年一月二十八日）生。宋徽宗政和五年因銓試優等第一人賜上舍出身。宋高宗紹興間歷官浙江提刑。紹興二十七年除秘書少監。二十八年為權禮部侍郎。秦檜怒其兄曾開，曾幾亦罷官。及秦檜死，起知台州。官終權禮部侍郎。宋孝宗乾道二年丙戌卒。謚文清。由宋神宗元豐起，經神宗、哲宗、徽宗、欽宗、高宗、孝宗乾道止。有《經說》、《茶山集》、《易釋象》、《論語義》。

錢起

錢起，字仲文。吳興人。唐玄宗天寶十載辛卯（西元七五一年二月一日至七五二年一月二十日）登進士第。官秘書省校書郎，終尚書考功郎中。唐代宗大曆中，與韓翃、李端等十人號十才子。生活朝代主要經唐玄宗、肅宗、代宗。有《錢起集》十三卷、《錢起詩》四卷。

鄭谷

鄭谷，字守愚。袁州宜春人。唐僖宗光啟三年丁未（西元八八七年一月二十八日至八八八年二月十五日）進士。唐昭宗乾寧中仕至都官郎中，人稱為鄭都官，以《鷓鴣詩》得名，又謂之鄭鷓鴣。退居仰山東莊。生活朝代主要經唐僖宗、昭宗。有《雲臺編》三卷、《宜陽集》一卷、《外集》三卷、《國風正訣》一卷。

常建

常建。唐玄宗開元中進士第。唐代宗大曆中，為盱眙尉。生活朝代主要經唐玄宗、肅宗、代宗。有《常建詩》一卷。

米芾

米芾，初名黻，字元章，號海嶽外史。吳人，後遷居襄陽，自稱襄陽漫士，世稱米襄陽。宋仁宗皇祐三年辛卯（西元一〇五一年二月十四日至一〇五二年二月三日）

生。歷知雍丘縣、漣水軍、無為軍，累官禮部員外郎，出知淮陽軍。宋徽宗大觀元年丁亥卒。生活朝代由宋仁宗皇祐起，經仁宗、英宗、神帝、哲宗、徽宗大觀止。有《寶晉英光集》、《書畫硯諸史》。